落雪如星

武少民 著

天津出版传媒集团

百花文艺出版社

图书在版编目（CIP）数据

落雪如星 / 武少民著. -- 天津：百花文艺出版社，
2024.1
　ISBN 978-7-5306-8563-1

　Ⅰ.①落⋯ Ⅱ.①武⋯ Ⅲ.①诗集-中国-当代
Ⅳ.①I227

中国国家版本馆 CIP 数据核字(2023)第 175641 号

落雪如星
LUO XUE RU XING

武少民　著

出 版 人：薛印胜
责任编辑：张　雪　　特约编辑：张子瑶
版式设计：张振洪
出版发行：百花文艺出版社
地址：天津市和平区西康路 35 号　邮编：300051
电话传真：+86-22-23332651（发行部）
　　　　　+86-22-23332656（总编室）
　　　　　+86-22-23332478（邮购部）

网址：http://www.baihuawenyi.com
印刷：天津新华印务有限公司
开本：787 毫米×1092 毫米　1/32
字数：40 千字
印张：12.75
版次：2024 年 1 月第 1 版
印次：2024 年 1 月第 1 次印刷
定价：68.00元

如有印装质量问题，请与天津新华印务有限公司联系调换
地址：天津东丽开发区五经路 23 号
电话：(022)58160306
邮编：300300

自　序

　　炎炎夏日、榴花似火、四面蝉鸣……那是童年的记忆。跳跃在光影之中的，是少不更事的我，再也回不去的梦。

　　烟雨流年从此逝。童年、少年乃至青年，随着篱笆上的牵牛花，开得不知去向。浮世悲欢、人生聚散，一如朵朵浮萍，在岁月的长河中写满怅惘，漂满水面。

　　时光如箭，鸣镝而去。花朵是春天的诗句，容不下太多的伤感。来不及思量，曾经写下的文字，大多散落于风尘辗转，只零零星星，留下了飞鸿雪泥的一点。

　　你是谁？我们曾在哪里相遇，又在何处别离？我们曾为谁憔悴，又为谁欢喜？……一切没有答案，一切都在消逝。从另一个时空的维度静观，任是欢笑，任是悲伤，有多少记忆可以被永恒定格，不再湮没于漫漶的时光。

　　我和你，众生和众生，都不过是时光的过客。灿烂一瞬的昙花，才是永恒的王者。永远忘不掉那个空荡的院子，忘不掉那把孤单的椅子，忘不掉那夜的星辰和长风……在那里，一些往事云天高翔，一些记忆遗落尘世。

那时的梧桐花，开得鲜艳，香得馥郁，料峭春寒中，她们悬铃而歌，摇落了满天繁星，也摇来了新的黎明。

思念纷纷扬扬，天空落雪如星。且让诗句串起记忆，替我们穿越六合八荒。

武少民

2023 年 3 月

目录

倾斜的山路

不需要任何语言
我们一起走入秋天深处
我们如此眷恋倾斜的山路
在人们抛弃洁白的阳光后
我们就启程了

并肩的桃花不知
飞往何处。飞鸟的影子
也如街上的行人匆忙来去
许多东西早已淡出记忆
一如我们远离倾斜的山路

我们在倾斜的山路
寻找方向和水流
你的语言让我感知存在

感知久已忘却的永恒
我曾背离的方向
你在倾斜的山路帮我找回

山路上飘过倾斜的云朵
海面上吹来禅定的风
我们在倾斜中看见的
与在山路上找到的
是不是另一种欺骗和迷惑

山枣树与我们的衣服
亲密交谈。阳光和大风
相互搀扶无语的悲伤
我们在石子倾斜的飞翔中
看爱情与命运的起落

狭窄的山路铺展长卷
刺槐和荆榛点缀其上
我们小心地拉开距离
当带刺的枝干挡住道路
我们只有倾斜着避开

我们走在倾斜的山路
我们的手紧握
我们如此地相互靠近
我们也曾如此地
疏远于彼此的往事

那些固执的日子
在山路上蹒跚而去
我们在倾斜的山路上
找到丢失已久的过去

我知道,生命
无法负载倾斜的过去
我们却会坦然面对
倾斜的空白和未知

陌上花

倾尽这个世界的灯火
点不亮此刻心底的黑暗
太阳已经消逝了那么久
谁还想着和煦的故园

冷风穿越所有的辽阔
把寒意写进悲伤的夜晚
可还记得陌上花开的时节
想你的清晨我归心似箭

这一晃数百年断章零落
我在你的文字里任岁月蹉跎
想终老在初见的人生扉页
却不知桃花人面终离别

今夜,谁的泪洒在你的墨笺

为了拥抱你,我踏遍千山

只是这一颗依然火热的心

能否化得开早已冰冻的诺言

离　别

每一颗，来不及许愿的流星
是结在衣带的迟暮
每一朵，人所未知的落英
一样怀抱灿烂的花情

你所知道的那些事
譬如朝露，譬如晚晴
不过是紫禁城里的一盏灯
灭了又燃，暗了还明

时光的画卷之上
我守在每个渡口等你经过
你可知数千年来的离别
没有他人
只是你我

与你隔十二重汪洋

与你隔十二重汪洋
夜晚就在我的心上
雨点穿透黑色的屋檐
我抚摸你的名字取暖

书页已经合上无法开启
我不能穿过记忆回到春天
蝴蝶死于遥远的初恋
思念着刻在木头深处的诺言

冰雪之外山水之外遥不可及
伸出手去触摸的只有空虚
我的记忆只为等待
而一切永无归期

月亮从此不再升起
海水也要淹没陆地
我将成为那枚思凡的贝壳
漂向你所在的船底

无 衣

这年的天气始终很冷
到了麦收时候
大风吹动夜里的梧桐
还能摇落满天的星

雨点砸得端午很疼
打湿院落里的那把椅子
我站在这里送你远行
你向着永恒的星光
我暂时停留大地

我无法告诉你尘世的冰冷
你再不能说出零星的记忆
儿时的渔网从此朽败
记忆中再无游动的鱼

所有的衣服都被收走了
五颜六色的往事
也不再闪烁
一切到今天都沉寂了
旷古的荒原中
只剩一条冰封的河

开满花朵的槐树
还守在家门
却再也等不到归来的人
隔着时空不能度量的遥远
风中传来弦断的
哀音

一场大风的呼喊

谁也不知岁月去了哪里

更不知还有多少

未来的时光

就这么走下去

沿着树木的纹理

就能走进另一个春天

就能看到一枚叶子

如何从嫩绿变成深黄

那是谁

在一本书的扉页上

暗自垂泪

在一段别人的生活里

虚掷青春

在空荡的渡口等着

不会归来的人
在安静的夜里守着
枕边的泪痕

看不到的风景
在梦中随心摇曳
恍若我在山间庙宇里
踩过的残雪
冷风吹皱了群山
翻起了经卷
在超度众生的梵文里
我听到来自红尘的
悲欢和思念

多想　再和你重回山巅
看晶莹琥珀中的往事
触摸早已封冻的流年
那时　我们在哪里呢
透过纱帘
我听到一场大风的呼喊
她肆无忌惮地穿越天地
冲入心间

通过杯子的一生

在一个下午的背后
我小心翼翼地
通过一只杯子。如同
穿越一堵墙
水眸大明净的
眼睛，看着我
轻手轻脚地走动

我不安分的触须竭力搜寻
玻璃最初的质地和成分
以及火焰和水的变形
黑色的燃烧的烙痕

明亮的路让我疑惑
在穿越杯子之前

我一次又一次地回忆
关于往事和渣滓的融合

如此奇妙的杯子
改变了我对灰烬的看法
我始终无法穿过
这单薄的玻璃
只能停留在杯子
之表层

黄　昏

我站在

北风守望的大街上

你的书信在黄昏抵达

漫天飞舞的云雀

是你说出的最后一句话

我看到时

天就黑了

钟声被狂风吹落草丛

纷乱的羽毛飘远

百万箭矢射向太阳的咽喉

黑暗敞开大幕

包容了一切

荆棘从草丛闪出来

乌鸦的叫声秋风一样悲伤
此刻,眼睛是多余的
它们被钉上天空
成了岁月的寒星

一串串归家的足音
从远古的旷野笃笃传来
所有美好的往事
再也越不过这个黄昏

时光鸣镝而去

风雨下着下着
就成了天边的彩虹
时光鸣镝而去
留下洞穿千古的回声

不管我们是否欢喜
秋天总是如期而至
如同王者君临
芟夷一切芜杂的记忆
把看似繁华的过往
变成一眼望不到底的荒原

唯有记忆永远
在秋风中怀抱果实
怀抱湖水与天地

也怀抱杨花和柳絮

任秋深冷雨

不能夺去

往事活在书页上

不再生动　慢慢老去

飞鸟穿越漫天风雪

栖落冰封的湖面

曾历经的苦辛

融入山中的一抹微云

任时光缓缓

擦去印痕

一棵大树

扎下深沉的根须

过往化作

生生不息的泥土

对抗消亡与流逝

也对抗每个绝望的日子

我清晰听见

每片叶子都在呼吸

相　思

夜晚长满青苔
隐入一阕宋词中
谁执檀板低唱
相思如白雪茫茫

谁曾陪你四海名扬
谁又伴你回到故乡
谁把桃花簪在鬓角
谁把诺言刻在水上

愿这一生
只为你琼楼凝望
待浮云散尽
看星疏月朗

秋天的书信

那年的秋天没有书信
也不见南归的雁群
只有秋雨潇潇
似倚楼而歌的女子
洒下珠泪纷纷

雨水打湿记忆
通向春天的路一片荒芜
长夜漫长而寂寥
再也不见小扣柴扉的人

楼上的灯火变得昏黄
远山的暗影藏满悲伤
一枚枚黄叶飘落
传来震天动地的巨响

那年秋天
一封书信还在路上
抵达之前
她要走过万水千山的
遥远

黑暗的宫殿

我看见一个个夜晚

正在建造黑暗的宫殿

谁是最后的王者

金色的皇冠散出清愁

再强的风也吹不散

那些夜晚层层皴染

勾勒出雕梁画栋的伟岸

随手涂抹的那些黑暗

画冷了秋风

染醉了世间

往事再长

也长不过一个夜晚

它却是永恒的宫殿

烟雨沿着黑暗蔓延
我被困在每一条路上
找不到可退守的家园

我停留在每一个
与你相关的夜晚
在风雨穿不透的帷幕
一盏永不熄灭的灯
早已为你点燃

孤 城

那年的风雪
落不尽冬的冰冷
一些光阴
被困在一座孤城

有关温暖的记忆
遗忘在童年
那片青翠的山坡
只剩幻影重重

纵使岁月
长久围困这座孤城
它依然不能
封锁春天的来路
更不能
让柔弱的花朵顺从

山　花

最后一朵山花
在悬崖上归于寂灭
如未曾开
亦不曾落

明月高挂枝头
山风吹冷世间的光芒
那年我们都曾望见
如今天际再无归舟

倚楼而望的女子
剔尽银灯之后
不知去向
天地之间空余江水茫茫

一朵山花的一生

写满了宿命与飘零

醉酒的诗人何处低吟

全忘却那夜长风

山花归于寂灭

缘来缘去

恍若人间聚散

如是急管繁弦

陈年旧事

皇帝把爱情锁在深宫
把自己锁入雨声
嗡嗡绩纱的白头宫女
对着红叶叹息
荡着涟漪的河水
再也漂不出一行诗句

石头恋爱着青苔
花朵恋爱着泥土
趁着草长莺飞
春天出城打猎
百无聊赖的细雨
敲打着琉璃屋檐
用晚归的飞鸟抒情

月光驭风而来

层层叠叠

落满了孤独的山冈

那些渡口

兀自风雪弥漫

那些陈年旧事

依然泪花晶莹

最后一朵失落的花

诗歌是天空是冰山是水流
是骨骼碰撞骨骼的声音
是灵魂对于灵魂幽暗的吟唱
是回溯于花朵之源头的行舟
是夜晚通向黎明昏暗的长廊

诗歌是破碎的帆　是折断的
玫瑰　是我第十三根肋骨的
疼痛和哀伤　是恒河沙数里
最后一朵失落的花
在冥冥中无尽的绝望

诗歌是床前发霉的时光
是美人遗世的长发
是古老的剑震烁四方

诗歌是皮肤是弹孔是眼睛
是血液里流出的永恒
是我夜夜不能忘怀的女子
燃烧成佛前的青灯

诗歌是行人　是过客
是你我无法把握的花朵
开放又开落

改 变

改变，也许
只是从一个点开始
然后，潜移默化
任时空都不能阻止

世界本来就变动不居
何必让自己
永远困在这里

阳光终会普照尘世
人们终将回到大地
墓园里，阳光清冷
谁在缅怀你的一生

流浪的云

飞絮　落花
长安城里下不完的雪
如我写给你的文字
袅袅飘落尘埃里
再不能被时光融化

那些时光心跳的日子
定格在许多年前
流浪的云满怀心事
静静地独自赶路

叙事总是冗长
回忆总是简短
一朵云置身事外
信足浮沉

不悲不喜

实有抑或虚无
九天之上的流云
落在法相庄严的庙宇
也落在尘埃水面
愁绪深深浅浅
斟满了往事的酒杯

心底冷雨下不尽
时光的尘埃层层叠叠
一朵流浪的云
随月光禅定
隐入一阕宋词的
字里行间
风雅度过一生

竹林寺

通往竹林寺的小路
消失于一片葱茏
竹林掩映的那段过往
迎送八方风雨

墙外红尘深万丈
融不进庙宇的时光
暗夜的一豆萤火
转眼飞得不知去向

佛殿里梵唱悠扬
唤不醒沉睡的过客
紧掩的门风化无踪
却不知那人几度归来

朵朵莲花

开成通往心底的道路

等着度化有缘

或者独自寂灭

风雨声响了千年

青翠的竹子纷纷涅槃

等不到曲终人散

当午夜的钟声响起

没有人

能越过这个夜晚

风来过

风吹过太平洋
风掠过银河系
风穿行在无垠时空
风知道一切秘密

风爱上过树
风爱上过花
风爱上过夜晚的繁星
风爱上过短暂的落日

风有最自由的灵魂
想去哪里就去哪里
风的行踪无处不在
却无人确知

当风来了
你来了我也来了
当风走了
你走了我也走了

来的时候风知道
走的时候风忘掉
你问风风不说话
只把树影花叶摇

灯 花

故人在竹林迷了路
棋盘长满了青苔
流年在灯花里燃烧
簌簌落尽繁华

日子如失控的火车
向着宿命狂奔
我不过是个局外人
任狂沙漫卷黄昏
却等不来一弯新月

灯花很快燃尽
山后的海棠也落了红妆
那些远去的春天
早已放下满怀花朵

在闲云野鹤中物我两忘

不用百年
我们都将不知所踪
只有经天的日月
我们仰望过的苍穹
写在文字里的往事
爱过的你与众生
还随灯花闪烁
延续着我们
早已不存在的浮生

飞　絮

不能主宰命运的

落花　碎成

点点飞絮

随着春风的起落

密密匝匝

画出山村的长卷

等醉酒的诗人

路过吟哦

世情如沙

寥落片片飞絮中

人们睡着　醒着

睁着眼睛迷茫着

阳光压在身上

发出沉重的叹息

一朵飞絮忽然跃起
轻易就砸碎了
无边空洞

飞絮如春日的少女
盈盈临风梳妆
她用尽全部力气
却飘不进
任何一个秋天

童　年

童年站在雨水背后

一声不吭　在喧哗的帘幕下沉睡

我无法穿越窄窄的溪流

童年走过之后　泪水如琥珀尘封一切

童年是挂在屋檐下的风铃

依旧叮咚作响

可我再也听不懂它的曲调

童年始终在雷声里沉睡

飞鸟随着芦絮飘向他乡

一双翅膀仍在固执地寻找

就在明天　彩虹散开

而童年的道路

会沿着洁白的云朵向前

打开这扇门

打开这扇门
放进江南的烟雨
早春的梅花
也放进落雪的天气
把岁月随心描绘
按我们喜欢的样子

暖的光　柔的泪
烟波浩渺的心
融入深秋的午后
氤氲成相思的水墨画
让时间忘了回家

沉睡的少女忽然醒来
波平浪静的湖面

掀起不易察觉的涟漪
天际的阴云早已散去
淅沥的冷雨笑意盈盈
片片飘落的银杏叶
冲出时光的围困
用内心织就的脉络
画出回家的长路

已经走得够远了
门外的西风
忽然想起了什么
回过头去深情远望

初 冬

那年初冬
风的脚步轻盈
她扫净天幕
与世无争

大雪在世间
早早写下抒情的诗句
抚平落叶对节令的
回忆

雪花覆盖一切
时光掩埋一切
村落不再微渺
星河停止闪烁
阳光徘徊在寒风里

温暖不再遥不可及

呼啸的风雪
穿不透时间绵密的
丝线。一束绢花的暖意
就已将所有冰冷消融

在一枚晶莹的雪花里
我遇到丢失千年的
自己

忧郁的星期天

阴天　雨滴

青色的屋檐

幽深沉寂的黑暗里

长满苔藓的石板湿滑

忧郁的星期天

把一切串成晦涩的诗篇

冷风吹过山冈

诺言埋葬林间

穿过沼泽

一截蓝色的残碑

堆满碎叶枝柯

指向沉沦的人生之河

舒缓　冷漠

变动的颜色

忧郁的星期天

篝火也抵御不了严寒

是谁转瞬泪落

成海　成雾

成不能抓住的风月之幻

沉睡的天使,不知晓

那些亲密。看不见

那些拥抱。天亮之前

人们将被带走

在没有记忆的河边

失散

通往未来的列车

通往未来的列车
穿行在白云黑暗中
一闪而过的念头笃定
一闪而过的草木葱茏

这趟列车没有终点
茂林修竹随心变幻
长亭短亭的聚散
迟暮了韶华红颜

沿着大风吹开的长廊
一趟列车开向远方
这条名为逆旅的行程
再也回不到过往

轻　尘

长夜空寂的钟声

湮没于岁月的轻尘

世间已无红粉

装点记忆的柴门

只能在文字中

展开无止境的追寻

是缘　是梦

是晴空下的菩提

任空幻解读人间的戏文

不过是百年一醉

不妨在春日的长安策马狂奔

不过是百年一醉

不妨在离别前

洒尽最后一滴眼泪

空洞的下午

空洞的下午
是我所有的时间
我是那只做梦的蝶
飞了千年
还是飞不出烟火故园

空洞的下午
是我所有的时间
纷纭的众生与我无关
宇宙重门紧锁
只留一朵花开放的空间
她尽情舒展
向着空无延伸枝蔓

空洞的下午

是我所有的时间
一生走遍
不过电光石火的瞬间
人生很长
却容不下几帧画面

空洞的下午
是我所有的时间
通往天空的大门关闭了
我只能隔着窗棂
遥望屋檐

大雨敲窗的夜

大雨把黑夜当作天堂
思念的琴弦
被绵密的雨声弹响
大雨敲打着紧掩的窗
树木抬头张望
飞鸟不知去向
庄稼隔着水做的帘幕
互诉衷肠

大雨一直下
无边丝线串成愁
失散的人们
会听到心底的雷声
然后在大雨中
重逢

夜晚的回忆

无论写下怎样的文字
都不能表达心底的敬意
夜晚曾收藏太多回忆
又一一从我们手中夺去

翻过最后一页文字
依然找不到结局
大雪纷飞中的背影
和现实一样模糊
谁在夜里挥手
目送最后一只飞鸿远去

那些凋谢的桃李
那些半开的荼蘼
跌落夜晚的茶杯里

再也漂浮不起

时光铺开长卷
等我们路过这里
夜晚是最好的朋友
回忆是最醇厚的酒
烛光也照不见忧愁

融入无边的黑暗
在不可测度的红尘
弱水三千
我只取一杯
与你对饮

给 你

给你黑色的文字
还是风尘的虚无
不如借来天幕
把银河当作棋盘
我们凌虚对弈

给你颓败的宫殿
还是锦绣的江山
不如择一隅终老
汲水煮茶坐而忘道
任大雪掩埋过往

给你春日的风沙
还是夏日的烟雨
给你大漠的驼铃

还是燕山的冷月

一朵朵彼岸花

开成静默的天地

把乾坤纳入芥子

给你一把春天的钥匙

扫净凋零与枯萎

丢弃手中的一切

做这里唯一的主人

那年春天

那年春天
破败的网罩不住
一条小鱼
你偷偷笑着
从我眼前跑远了

想起那时的风
就一直头疼
它吹乱我敏感的神经
又沿着血液穿行

那年春天
沙尘和大风凌乱
一只振翅欲飞的蝶
准备带着所有秘密

逃亡他乡

因为短暂
我找不出爱一朵花的
理由
春天过后
树木纷纷夭折
大地陷落的声音
此起彼伏

那年春天
你走了
时间从此凝固
记忆成为木乃伊
沉埋在金字塔
最底层

一夜之间

一夜之间
春天在我心里安家了
新叶婆娑着翠绿
花瓣落满水面
写下情意绵绵的诗句

一夜之间
看不见的千山万水
消失在重叠的目光里
看似无限的岁月
不如一瞬的凝望久长

裁玉树繁花为衣
酿朗月清风成酒
忘却凌烟阁上的名字

放下袈裟与禅杖

且在清白的书卷中

物我两忘

天荒地老

落尽风雨

抹不去点滴记忆

细数百年清欢

星河无垠

也不过是我

是你

黑暗蔓延

黑暗蔓延
侵蚀了回忆的空间
不记得身在何处
忐忑不安的大风
熄灭了所有火焰

黑暗蔓延
到处是惊慌的行人
在纷乱的流年中失散
思念如炉中的炭火
烧尽光热
慢慢黯淡

黑暗蔓延
时光长成片片竹林

藏起了所有入口
沿着来时的大路回望
只看见崎岖蜿蜒

站在空无一人的街上
透过汽车惆怅的尾灯
我看到光明被吞噬
黑暗蔓延

窗外的雨

窗外的雨
是谁弹出的音符
飘荡着悲伤的情愫
我恍惚听到
一扇扇门
次第被重重关闭

我不过是个
流离失所的孩子
过了夜里子时
只有《楚辞》中的青鸟
陪着我不肯睡去

窗外的雨
扯着相思的线

固执地要去你梦里

夜很深了

池塘也沉入梦乡

只有烛火昏黄

还没睡去

窗外的雨

织密了无边的黑暗

没人可以逃出

夜很静很静

听得见自己的心跳

却听不到你的

我追寻过你

走在拥挤的大街上

我渴望阳光金子般洒落

鲜花河流一样流淌

带着这样的幻想

我追寻过你

从一亿条交叉的小路中

选出属于你的所有轨迹

在满天繁星中找出你的影子

从所有花朵里发现你的笑容

从无涯时光拦截你出现的瞬间

带着这样的希望

我追寻过你

在浩渺无涯的海水中

捞一根丢失千年的针

在冷雾盘旋的山崖

倾听你的心跳

在烟雨如织的黄昏

分辨哪一滴是你流下的泪

带着这样的疑问

我追寻过你

然而,我的手中

握不住一片云的音讯

不知晓一朵花的去向

茫茫大地上

只有曾经的追寻是真实的

它正在生锈的铁器上

怀念天空的模样

时间的桥头

时间的桥头长满青苔
灵幡飞舞
思绪沿着湿滑的石阶
一步一步
沉入青草迢遥的水底

太阳消失
羊群消失
帐篷和牧歌消失
牧羊的少女消失
我就坐在山后
坐在褐色的石头中间
等黑夜开出花朵
石头发出翠绿的芽

荒寒大漠中长满树木

戈壁滩涂上蝴蝶翩跹

每扇冰冷的门里

都有满目芳菲

流星闪烁

站在时间的桥头

看你走远

然后　茶凉了

阳光渐次枯萎

远处传来

青瓷破碎的声音

秋天深处

沿着树木的纹理

秋天迅速枯萎

不待寒风来

一切就卸去了繁华

天地静默如太初

风雨徘徊在秋天深处

一只孤独的飞鸟振翅

穿越长河

去九天之上

聆听秋风的对白

在星光中

看晨曦和日落

在荒野里

看玫瑰和冰雪
在每一次轮回中
看盛开与凋谢
听欢笑与悲歌

一场秋风点燃的大火
肆无忌惮地燃烧
烧向流年
烧向人群和村落
也烧向菩提树下沉思的
佛陀

远 行

我是
掠过天地的大风
只想唤醒沉睡的你
无意惊动众生

我是
转瞬即逝的大风
只想邀你远行
无意世间逐梦

我是
不知去向的大风
只想与你逍遥天际
无意红尘留踪

我没有

我没有向岁月屈膝
没有在天空面前低下头
有些山峰终生也无法抵达
但我决不膜拜那些高度

我没有忘却那扇透明的窗
没有忘却窗外春天的模样
当你躲进温暖的贝壳中
我没把往事和风翻开来过

我没爱过夜晚的飞虫
没爱过喧闹的小城
即使美丽一万遍上演
我也决不走入
这虚无的空气中

相同的晚上

相同的晚上

祖父把老牛牵回家中

喂足草料　添上清水

点一锅旱烟

吧嗒吧嗒

呛跑满天的星

然后　拽过一把玉米秸

或油油翠翠的红薯叶

枕着沉沉睡去

夜幕关闭

土地彻夜醒着

小心地看着祖父熟睡

此时　每个人

都在做不同的事情

每晚都不重复
但祖父睡去的姿势
比很多人轻松
他烟锅里黯淡的火苗
比城市的灯火还要明亮

相同的晚上
祖父遇见各种各样的风
大多吹过一瞬
就不见踪影
祖父在锄地时踩到
一只折断的风筝
脚下的庄稼
比风筝更懂得
云朵推进的过程

相同的晚上
祖父总在庄稼地里睡去
当露水打湿
棉花的小白袄
当蛇将外壳脱落在
蛐蛐的歌声里

当无名的小花散出芳香
尘封的梦境悄然开启
带荚的毛豆和泛黄的玉米
就骨碌碌地滚了进去

青 鸟

木叶纷纷落

肃杀的曲调缓缓响起

羽毛散乱的青鸟

载着星霜

迷失在银河的村落

还记得你来那天

琼台之上　大雪纷飞

黄竹的哀音动地

怦然闯入我的心扉

袅袅茶香中

是我们过往的烟尘

谁在轻声问

八骏日行三万里

载着穆王去了何处

为何一别千载

再也不回

无数青鸟累死途中

却传递不出

一句瑶池的口信

墨色晕染的长空

如我心底的黑暗无垠

向你的方向眺望

想起田园牧歌

等着世间春回

瑶台之上笙箫静默

撩开茫茫夜色

依然看不到你的去向

最后一只青鸟

羽毛落尽

化作竹影婆娑

点点泪痕

再也化不开

那年冬天的一片雪

如 茶

听任缓慢的时光
沉淀点点青涩
枝头的几枚幼芽
需要一场大火
淬炼魂魄

如茶　非茶
是我　非我
岁月深不可测
一枚叶子在唱歌
唱春日暖风
秋夜寒雨
唱西出阳关
未央灯火

如茶　在午后
泛起时光的冷冽
所有不幸都是幻影
所有感动
都如石深铭

如茶　已散
花香　无因
长风抚平晴空
不闻茶香氤氲
这一刻　举杯
忘记所有
致敬青春

九月的天空

九月的天空
光线变得黯淡
如同一本打开的书
翻过所有段落
终于迎来结局

淡蓝色的小花
在秋风中失恋了
思念枕着记忆的铁轨
慢慢枯萎
幽咽的辘轳干裂
风雨徒然地拍打门扉

九月的天空
平淡如镜

白云倦于抒情
工于心计的流年
酿出杀机四伏的酒
看着每个人
怡然自得地喝下

九月的天空
飞过一队雁群
它们变幻的队列
是我为你写的诗文
刻在长空之上
无论你何时凝望
都能看到忧伤的印痕

隐秘的暗示

隐秘的暗示
通向回乡之路
一条鱼逡巡在水下
寻找太阳的光辉

到了山顶
已无法回头
一只鹿
还在茫然寻找
向上的出口

佛陀拈花
飘落的花瓣里
闪过红尘的影像
一场大风

串起丝丝缕缕的记忆

指引众生

走出迷航

春天远行的夜里

一条鱼

忽然跃出水面

当它第一次

看见月光

就与水

有了距离

云　游

如一朵云　游
于山　于水
于葳蕤的草木
于浩渺的时空
于六合八荒
于须弥芥子
看冷露流霞光影
听银杏叶落无声

如一朵云　游
与雨　与风
与黄沙故道
与暮鼓晨钟
与百代仓促的兴亡
与篱落明灭的孤灯

看江面数点渔火
听岸边几声虫鸣

就这样
忘却镜中的红颜
忘却浮世的萍踪
如一朵云　游
万里山河阻隔
也不过
心上的一点路程

红楼之外

红楼之外的冷冽
游牧民族最后的断章
镰刀一般的冷月
孤零零地挂在
烽火熄灭的城墙上

广陵绝响之后
那片竹林万籁俱寂
只有蝴蝶的泪水
灰尘中深藏

穿过丛林荆榛
依旧不能抵达远方
岁月的渡口只剩荒凉
永远的忧郁哀伤

无法掉转的命运
清角吹寒

不如归去
且乘那腊月的风
刀一样的风
飞过塞外穷关
且做那只醉酒的蝶
飞入黑色的墓穴
飞入一个疯子的梦中

天地醉在红楼之外
身后的大雪覆盖一切
有风吹过
掀起黑色的一角

一场大雪

往事没有痕迹
如一场大雪
在午后的阳光下消融
那些繁忙的日历
被不知名的飞虫衔去

我站在那年的大风里
等天尽头涌来的一朵浪花
等白云掠过飞鸟的领地
等芦花抖落疲惫的飞絮
等大雪让岁月白头

一场大雪信手抹掉
往事的痕迹
几只麻雀叽叽喳喳

诉说不可逾越的空虚

你不在的每个日子
时光风化成石
雪下在长安街头
如樱花洒了一地
春风弯下腰去
却一片也不能捡起

浮世走成千年
一场场大雪不期而望
那些雪中行走的众生
恍然是我是你
在赴一场永远也走不到
尽头的约定

夜色昏暗

夜色昏暗
一块咖啡色的毛玻璃
突然破碎
大朵的愁绪
雪花般坠落

冷雨纷纷挤进窗棂
挤进二十四个节令
挤进我的骨头深处
肆无忌惮地生长
开出霉败的花

此刻不适于怀念
墨写的文字不能抵达
相思的终点

断章零落的记述中
寒意随夜色弥漫

不要点亮灯火
黑暗中响起的声音
让一切高度轰然倒塌
最后一只飞鸟
早已在暮色降临前
悄然离去

夜色昏暗
离人拥挤在杨柳岸
说着来世的重逢
今生的离乱
许下前世的诺言
而不待船来
他们就已分散
不见

梦 境

一场温柔的梦境
能持续多久
一株忧郁的槐树
一只迷路的蚂蚁
能在煮米的灶香里
沉睡多久

不要轻易松开手
那些失去的风
会吹散所有热情
银灰色的温柔
如绳索捆缚着我

檐角下忙碌的蜘蛛
在自己织成的网中

苦苦挣扎

偶尔有飞虫落下

扰动众生

穿过懒洋洋的阳光

尘埃开始聚拢

人们挤在梦乡边缘

畏惧腊月的风声

害怕苍茫的雪原

而一再错过的帆影

又漂泊了很远

能让目光荒芜多久

能正视悬崖和太阳多久

麻雀丢下的一粒种子

让整个下午陷入沉思

一块石头蹑手蹑脚

敲碎了

离我最近的一束阳光

忆海沉舟

最美的花　凋谢了
信天翁睡在水手的尸体旁
垂下庞大的翅膀
无奈地咕噜着
看着风浪翻涌的海洋

再不见船头的嬉戏
我们曾快乐亲密地偎依
短暂是一切的主宰
风暴到来的刹那
就再不能将诺言握起

芦苇不能度化
达摩沉于水底
海面渐渐熄灭涟漪

童话消失很久了
海洋是谁遗失的泪滴
挂在兔子耳朵上的钥匙
早已铁锈点点
再也打不开那扇紧闭的门

往事远航
雪花掩埋了一切行踪
只有风在吹
种子在地下沉睡
所有的故事
都在床头的杯子里
清醒着
不说一句话

长 夜

山涧有水
飘满了云中月影
谁在叹息
往事如那年的烟火
不可触摸

黑暗如逶迤的长河
呼啸而过
掀开千年的经卷
记忆定格
菩提树下的那个夜晚
泪水与露珠
随禅机隐没

长夜空无一人

月光以山川为弦

弹奏一曲离歌

谁在挥洒笔墨

燃起空灵的烛花

暖了灯下枯坐的人

却暖不了

身外的红尘

流 年

流年漫过堤坝

季节黯然轮回

四大皆空的人世

地水火风转换

逝去的日子如雪花

一片一片

砌成了晶莹的城堡

东风乍暖

又再也不见

那一场大风

穿过纱帘

叩动安静的流年

一念走遍万水千山

却走不出

梦里的桃源

随手写下的文字
化作星月连绵
在这场大风里终老
以冰雪度化流年
世间看似繁华
不过是水中月影
风中细沙
随聚　又随散

七月的大水

落花　尘埃　飞蓬
在七月的大水中流淌
转瞬抵达古老的村庄

诗歌　烈酒　火焰
在七月的大水中扎根
摆满季节丰盈的祭坛

冰山　沉船　月光
在七月的大水中生长
琴弦暗哑如少年的彷徨

枯萎　死亡　凋零
在七月的大水中逡巡
湛蓝的柔波等待沉沦

窗台上的灰尘

窗台上的灰尘　青色的
苔藓　一场大雨的痕迹
让灰色挤满房间

思索　被熄灭的香烟
一截烧过的火柴　在角落
在很深的黑暗中存在

和我一样　石头的一生
没有眼泪的死亡　没有牧歌
没有诸神遗失的天地玄黄

黑色的大风　黄色的泥土
在天空中飞扬　高过屋檐的
不过是云雀的羽毛

掩　埋

谁的发现
让我们在千年后
看出了金子的光芒
累累白骨
早随黄土朽败

灵珠滚动
玉石俱焚
飞尘一样的人生
早看不出
最初的底色

泥沙沿长河而下
岸边传来谁的哭声
晶莹的月色

缓缓沉入深深的淤泥

人们早已习惯
打开逝者的棺木
顶礼膜拜
顺便
把活着的掩埋

六月的雷声

虫鸣不已
恍若夜晚的哭泣
六月的雷声
和我只隔一道窗棂

往事如水鸟
静静地泊在港口
芦花高扬翎羽
飞上天际

渡船在惊天浊浪中
沉入冰冷的海底
帆依然飘扬着
向着深蓝的梦想飞驰

八百匹快马跃过黄河

汗水如血

驮着我轻盈的童年

一路绝尘而去

一只小虫的呓语

打碎了所有宁静

谁在风华绝代的尘世

苟且偷生

远古的河流

这是一条远古的河流
野荞麦长满山坡
石头棱角分明
我赤脚走过
锋利深入骨头
胜过一切喜悦

这是一条远古的河流
远离一切美好的
名字　远离一切颜色
远离鲜亮　曼妙的歌舞
远离春天和三月的花
怀抱的只有石头
灰暗却棱角分明的石头

这是一条远古的河流
将所有跌宕的风云
从石头上磨过
留不下一丝踪迹
只有这些石头
千万年来　依然是
质朴无华的颜色

田野里长大的孩子

田野里长大的孩子
知道花生怎样发芽
麦苗何时开出白色的花

如果是一颗石子
他想沉入最深的海底
如果长成一棵树
不妨长在最寒冷的土地

田野里长大的孩子
很早就离开了家乡
当雪花飘落
只能靠家乡的炊烟取暖

当石榴花全部凋零

他回到梦里

却找不到那个淘气的孩子

只有这片黄土地

高兴地迎接他

这个晚归的游子

一切倏然而过

他想知道

风筝飘往何方

童年去了哪里

谁的歌声

在清脆的鞭梢

代代传唱

为何只有山停在原地

却找不到那时的自己

黑色的声音

黑色的声音挟着风雷
在晾衣服的窗口戛然而止
四季的绿弦一齐绷断
思绪悬在半空
如齐烟九点

赶着羊群的人停在水边
拿着屠刀的人停在水边
在《诗经》里避雨的女子停在水边
汪洋恣肆的大水中
命运的浮萍错落漂远

黑色的声音响起
惊忙的飞鸟与贝壳
荒凉的落日与平原

闪光的瀑布和高山雪线

一起跃动　彼此关联

魔鬼与天使的合鸣中

十万只乌鸦迅速孳生

千条阳关大道

被拦腰斩断

一只黑色的虎

带着闪电和灾难

跃过万丈高的雪原

呼啸着狂奔而来

一切都在倒塌

碎末　散沙　与瓦砾

无处不在

烟花零落

三月的烟花开得零落
清冷的月色
洒遍空荡的大街
风掠过屋檐
一只麻雀在夜空中尖叫

失去了天空的风筝
挂在大风拂动的树梢
梦在河边徜徉
薄雾散为幻想

没有一条道路
能通向过去
火焰在灰烬中埋葬
谁还守在破晓的窗口
细数星星的绝望

我的全部

我的全部已埋入泥土
为你保留永恒的记忆
如果你看到盛开的花朵
那下面有我悄悄的絮语

若是连日细雨低回
石头下面长满青苔
那是我绵延不尽的相思
为远去的春天献祭

我的全部已融入泥土
青草就是我的生命
如果你渴望美丽的风景
请踏着我的骨骼前行

空 无

一件宣德年间的青瓷

水银泻地般散开

碎

不足以形容

花开如雪的梅

没入蒿莱

高山流水的琴

被斫为柴

不堪承受的

不是流逝

千年前那扇

叩不开的柴门

早已车水马龙

一万只飞虫躁动不安
一万株荆棘刺入心扉
《诗经》的源头彤云密布
穿素衣的少女手指僵硬
哼不出一句乡里的民谣

渡船都已漂远
渔火沉入水底
只留下阒寂的岸
用空无
晓谕众生

命 运

谁能诠释

一只杯子的命运

就如一只蝴蝶走的路

要穿越多少风尘

结局无法预知

一切秩序将被打破

天地沉睡不醒

钟声永远沉寂

悄无声息的命运

处处埋着幽深的伏笔

流星的花期过于短暂

带上春天的大网

也无法捕捉

一条天地之外的游鱼

在坠落的飞翔中迷失
在破碎的声音里参悟
其实命运
是一条很窄的道路
从我们蹒跚学步
就再也踏不上归途

岁月是朵芦花

岁月是朵芦花
怀抱着生死荣枯
看惯了大雪纷飞
芦花用行动诠释
唯有不动声色
方能站得笔直

悲伤茫无涯际
欢笑都在身外
一朵芦花
能刻下几个名字
亿万星辰
照耀过多少晨昏

这朵芦花

不知何时遗失了

春天的书信

不待冬来

就愁绪丛生

落了满头白雪

岁月是朵芦花

怀抱无涯的寂寞

万里山河远隔

也不过是

故乡夜里的一豆萤火

枯 枝

它已经枯萎干裂
没有了水分和生机
在风声中安详而沉默
如新塔中的老僧
怀抱醒世的禅机入定

一场大雪过后
冷风旷日持久
有的耐不过严寒
燃成很旺的篝火
有的摇身一变
在集市中穿梭

只有一段枯枝
栖身大地的脉络

吸取冰冷的水汽

皲裂的皮肤中

深深藏起一丝绿意

冰雪很快消融

骀荡的春风拂过

黑色的灰烬无影无踪

开裂的家具

与尘埃堆积在角落

只有这段

怀抱寂寞的枯枝

萌出新绿

黑色的蝴蝶

满纸锦绣

如鼓盆而歌的庄子

吐出的鲜血

来不及说一句话

黑色的蝶就漫天飞舞

世人的梦中

尽是谵妄虚无

语言碎成锋利的意象

刺入骨头深处

明月清风无尽藏

情绪的烟雨中

那些黑色的蝴蝶

让人痛不可当

夜是宇宙的中心
竹林被庄子漆成黑色
走过的每个角落
每条道路
都有蝴蝶的黑影追随

黑色的蝴蝶漫天飞舞
在一片竹林深处
庄子蓬头垢面
修理着破碎的瓦盆

锄头及其他

锄头翻开日历
插上天地玄黄的旗
白色的翎羽
飞过荒原
冒着热气的沼泽中
黑夜的大鸟
驮着雨水和清明
沿着雷声破空而来

推开尘埃堆积的窗
放进发霉的空气
布满青苔的墙上
一面面破碎的镜子
照出朽败的时光

土豆开出硕大的花

浪漫的羊群

抱着七彩琴弦

唱着蟋蟀传下的歌谣

稻秸是慈祥的祖母

把阳光裁为被

把云朵揉成棉絮

盖在游子的心上

钥匙无法打开

阴暗的下午

闪电骤然而至

沿着枯柴一样的筋骨

血肉被风化

影子成为碎石

一只幼小的狼

趁猎人不备

混入羊群的栅栏

酣然入睡

深 宫

阴郁的风刮过檐角
迟暮的宫女
在木槿花下喃喃说着
没有主角的故事
时间都发霉了
定格在进宫前的年纪

一切很快错位
年轻有为的皇帝
换上粗布衣服
推起破旧的独轮车
在大街上叫卖雨水

遗失民间的那枚青钱
早已满身苔痕

再也不能振翅飞翔

偶尔记起深宫的岁月

五湖四海的辗转

那些惊动风雨的故事

都已安静下来

蛛网挂满深宫

挡住了西沉的日影

那眼深不见底的古井

如今波平如镜

无人照影

村 庄

村庄是

祖屋飘出的炊烟

弥漫着麦秸的气息

往事在记忆深处发芽

一个细小的情节

很快木叶葱茏

缀满黎明和黄昏

村庄是

一枚小小的棋子

无论怎样设防

总让人溃不成军

那些再也听不到的叮咛

轻易就穿透了夜色

村庄是

儿时种下的那棵枣树

它做了一个香甜的梦

父亲在树下生火

我爬到树上看书

母亲在院子里洒扫

一颗颗枣子在秋风里

高兴地涨红了脸庞

麦地的后裔

大片干渴涌入麦地
金黄的酒杯中
镰刀醉意朦胧

夜是威严的
麦地是干净的
我的父辈们
甜甜地睡在上面

我是麦地的后裔
随着麦苗出生
在麦子细白的花上生长
在灌浆的水中长大
麦子贯穿一生的叙事

麦地是沉默的
当人群挤向城市
钢铁水泥汹涌而来
清苦的麦地不声不响
顽强地生长

经年的冰雪和寒霜
天地自古玄黄
看似不起眼的麦地
涌动着
不可阻挡的力量

最后一双翅膀

这个世纪的
最后一双翅膀
停在今夜的芦草上
树梢上的月亮
冷漠地凝视人间

一双翅膀
扇来大朵的黑云
遮蔽小路和树影
时间缓缓沉入湖底
一些朽败的记忆
如旷古的沉船
再也漂浮不起

一双翅膀

驱赶着月亮西沉

黑云急着回家

急于君临的黎明

偷偷拉开天幕

明亮的一角

一抹阳光

一抹惨白的光
落在青色的竹简上
大红的文字
在暗影中恣肆流淌

固若金汤的江山
一如西山外的夕阳
很快坠落了
一个个王朝的梦想

推开那扇朱门
就能踏入宫墙吗
青苔长成森林
白头的宫女嫁入民间
陪伴她们的

只有敲窗的风雨

一抹斜阳
把往事困在原地
时光起了涟漪
那些陈年的落花
依然摇曳风里
白头宫女眼前闪过的
是虚幻的影子
黯然的真实

农夫和一个夜晚

夜晚是一些破碎的瓷片
和一匹老马挣扎的细节
月光太黑　风声
正沿着一株庄稼深入
农夫的梦境

在天亮之前　所有的农事
都一朵一朵点亮床头的灯
一些奇怪的鸟站在窗口
和雨水一起拥挤着节令

夜晚的骨头被一柄锄头
敲碎了　而镰刀
在麦苗纤细的根须下沉睡着
一些碎瓷

等待贺岁的焰火打扫

雪花是一床很厚的被
被一个心急的农夫扯起
一粒粒丰满的粮食
就骨碌碌地滚了一地

叶 落

那年叶落

如飞鸟簌簌而歌

闯入我的梦境

江畔冷月如吴钩

挽不住青春的红袖

谁在临风低唱

明月悄然跃上西楼

荒原上的秋草

衔着阑珊的离愁

退守天涯

长风挥动苍黄的笔墨

画下小桥流水

老树昏鸦

一汪秋水

在大风中沉睡

船随着荻花远逝

琵琶喑哑

月光洒下一地寒霜

细细看去

都是断肠的文字

舛错成留白的诗行

我走的时候

我走的时候
大片的庄稼落泪
我不忍转身
寂静的夜里
无论跌碎什么
都会发出巨大响动

当一切平息
空气也变得安静
我就可以转身了
只是故乡犀利的背影
会毫不留情地
在我心上
留下无法弥合的伤口

从此以后

每年秋风乍起

我会是城市过道里

最思念田野的

那只蟋蟀

黄土地上的情思

黄土地上的情思
是屋檐下红得像火的
那束辣椒
把我的心烧得火热

我依靠田野生活
麦丛中的青苔一路走远
白色的小花之上
传说朵朵盛开

父母在季节和风雨中穿梭
雾气侵蚀着他们的骨骼
我是一只饥饿的飞鸟
在他们的屋檐下暂时停留

我不过是个过客

不待长大

就会衔着他们的青春飞走

只留给他们满头白发

我会时常想起

鸡犬相闻的小巷

想起秋海棠和牵牛花

缠绕篱笆的时光

黄土地上的情思

是我最想回去

却再也回不去的过往

一朵朵木槿花

扎紧篱笆

自从我走后

就再也没人来过

母 亲

所有的河流干涸了
家乡的老井积满泥沙
思念是堆满院子的柴
把每个日子都烧得滚烫

夜晚是一棵古老的树
投来清凉的绿荫
麦苗泛青的田野里
母亲弯腰种下遍野月光

过了这座山

挑着干柴

穿着祖父的草鞋

我摇摇晃晃离开家门

看不见竹篱围成的院落

也不见端着簸箕

踮脚张望的祖母

过了这座山

前面会是什么

路也许更难走

要不现在就歇歇

过了这座山

以前的日子看不见了

青石小巷上迷蒙的水汽

一下都散为烟雾

当我口渴了

再也不能跑到菜地

趴在湿滑的井沿

掬一捧冰凉的水喝

很快就没太阳了

我还要翻过这座山

母亲就站在身后

我不能半路就回头

过了这座山

可以看得更远

顺便可以看看愚公

他待在老地方

大概也想说些什么

把头发扯下几根

扔在弯弯的山路上

就让它们长成几棵松树

让后面的人乘凉

过了这座山

就喊上几嗓子吧

没准父亲能听见

会高兴地喝上几盅

断 章

春天在大风中迷了路
找不到故乡那一扇门扉
甚至忘了告诉路边的桃李
先开出零星的花

空荡的街道上没有行人
最冷的夜里也不见冰雪
白居易守着新醅酒
却找不到对饮的故人

唯有日历是清醒的
它们面无表情
记录着
不可确知的流年

这一年的春天

花开花谢

只隔一场大风的距离

春天是幅画布

以美艳的桃李点缀

用清冷的湖水调色

我们是唯一的行人

匆匆经年

柳枝依然轻拂

时光把思念刻在水上

融化在柔波里

当我再次经过这里

天地变得静默

枝头洒下花的泪滴

那些依稀存在过的风雨
如今都散为虹霓
洁白的杏花垂泪低吟
雨丝风片跳跃在水面
追逐着荡漾不尽的涟漪
往事浸染成花朵的颜色
留在春天深处

我只要这一年的春天
有你的这个春天
除此之外
所有的春天
都可以拿去

秋夜遥寄

十月蟋蟀

沿着《诗经》钻入床下

鸟鸣不分季节

唤醒沉睡的村落

月色缥渺如纱

笼罩着低矮的屋檐

母亲弯腰在油灯下

点起明灭的灶火

煮沸我的行囊

那个秋天的夜晚

蝉声沉寂如石

遍野红彤彤的高粱

贴近大地的魂魄

走过万里重关

可以栖息的岸
不过是小小田园

一颗颗流星
划过无垠的原野
融不进麦苗做的梦
母亲咳嗽着走来
替我拽紧阳光缝成的被
一束光芒闪过
比所有的形容词都明亮

我不过是个客人

风卷过乡愁的帘苇
月色迷离
如一个精神病人
石头远远地躲开我
每一寸土地都醒着
陌生地注视我

我不过是个客人
路边的小草令我惶恐
这是梦境还是人生
一颗麦粒
一粒草籽
都可以永堕轮回
而我不过是
只有一次的过客

我不过是个客人
因星子的坠落降生
因火种的遗失堕落
因露珠的风干消散
一个个过客
让世界在繁华中黯淡

这不是末日的景象
每个熟睡的晚上
身旁的椅子诧异过
屋子里的墙琢磨过
枕边的书皱起过眉头
到处是陌生和无常

此时,你不要惊慌
陌生的背后
是影子藏起的
未曾思量的时光

关于爱情的随想

朝圣离不开黄土地

离不开凋谢的花

故乡的土墙

涂满悲欢的纹理

深入其中

就能找到先人的叹息

母亲在庄稼中衰老

父亲被日子压弯了腰

他们走出大山的儿子

却厌倦没有生机的过往

他在夜里看见

一群戴着枷锁的囚徒

踏着鲜血淋漓的足印

追寻盛开在天国的花束

绵延的队伍中
不时有人跌倒在路上
有的死去了
有的继续爬起来
寻找向上的路

终有一天
他将抵达山脚
在雪花的怀抱中安息
一些骨头会成为火苗
照亮来者的路

纸 扇

思念如枕边的小虫

肆无忌惮地飞舞

一万条道路面前

我依旧无路可走

河流也失去了源头

大水无法安睡

雨滴迷失在晦暗的天空

铁器和火把被流沙掩埋

你留下的那柄纸扇

枯坐在油灯下

呼啦一声

就扇掉了半壁江山

村庄在雨水中陷落

雨水在村庄里歌唱
燃烧的磷火
和布帛碎裂的声音
远没有它们的合鸣
惊心动魄

春天的名字

这是世间最美好的
一个名字　她不是音节
不是韵脚　也不是声调
她是铺在心底的柔软
无边旷野的陪伴
灵魂深处的依偎

大风试图穿越一切
洞悉天涯的遥远
却始终无法逾越春天
无法吹散她的温暖
每当心中想起
纷至沓来的
都是花的气息

溪水初涨　或盈或浅

把绿意染满山川

唯有把全部的爱

留给春天

才能把自己

留给百年之后的世间

我们没有土地

我们没有土地
没有绚丽的花朵
只有忧伤无遮拦地绽放
在你的世界之外
我终日啜饮着孤独

我不是你身边落下的
最后一片叶子
没有最后的
也没有最初
一切都被涂抹修饰
裱在空洞的墙上
如我的影子
在风中凌乱地飞翔

我们没有土地

没有赖以为生的庄稼

没有荞麦和谷物

溪水冲走了石头和叹息

浑圆的诺言风干了

饱满的春天凋谢了

你走了

我拄着冬天的拐杖

寻找一枚深秋的月亮

所有的故事

如灰烬慢慢冰凉

我们没有土地

没有大片的羊群

枯萎是一切的春天

蒿草倒伏在地基上

过去被火车撞死在郊外

时间重复轮回

一切存在

都没有一缕风长久

这是最终的结局

天鹅渴死在沙漠

鱼群沉入淤泥

风筝挂在枯枝上

幽幽的声音中

人们夺路狂奔

我们没有土地

没有宁静和音乐

臆造的钟声很快沉寂

想象的玫瑰遇风便飘零

细雨低回的黄昏

谁在用心灵遮雨

让翠绿的肌肤

铺成闪电的檄文

哭泣

对所有的事物

都是亵渎　我看着

直到眼睛失去光明

此刻　无须掩上门

就能听到

门闩落地的声音

熄灭的歌声

蟋蟀摔碎了竖琴
蜜蜂折断翅膀
歌声消隐于苍穹
院子里长满青苔
黑暗不请自来

只有熄灭烛火
每个细胞都长出耳朵
每根头发都长出胡须
才能听到你的歌声
乡下的麦芒
深深刺痛我的心

羊群写下洁白的诗句
大地是琴弦

风在吟诵

灰色的建筑群

蛾子一样快速生长

令人窒息的钢铁水泥中

飞鸟开始漫长的迁徙

它们背离的大地

一片贫瘠

你熄灭的歌声

如雷电击毁干枯的树木

大火呼啸而过

所有飞翔的翅膀

瞬间燃成一场大火

闪烁着

不可解读的光明

月光很凉

推开窗子
放进些黑暗
放进飞虫的歌声
任花香
在冰凉的月光中
氤氲

雷声来了
高擎扭曲的闪电
青草的眼睛
在夜里灿若星辰
露水晶莹
一滴　一滴
融入大地的魂魄

落叶心事重重

掩埋了芳草香径

黑暗片片飞来

阻挡欲望的退路

霓裳艳影

悄然沉入梦乡

夜晚是静默的坟冢

锈蚀了思想的刀锋

时间的铁针

缓缓剥蚀千年宫墙

震天响动

惊不醒沉睡的过客

月光很凉

一枝红玫瑰

穿透飞鸟的心脏

深红的花瓣

落在喧嚣的路上

被时光践踏

大风骤起

放弃手中的一切
沿着夜的胡须指摘过去
听大风骤起的声音
看火焰和冰雪
如何远离日子中央

如今,我依旧
站在童年的檐下
仰视雨水
从天空
从寂寞
从永恒的黑暗中
流下来
落地而成光明
沿着窗扉涌入

我用颤抖的手指

迎接一些石头

用流血的伤口

迎接你

琐碎的下午

不安的虫鸣　车辆
街上的花裙子
白纸黑字的组合
人来人往的嘈杂
构成这个琐碎的下午

杂乱的足音
把每一片宁静打破
这个下午如同末日
琐碎的游魂
扯碎一切高尚的虚空

琐碎的下午
是地狱中的车裂
所有扯碎的心

再也不能缝补

琐碎就是消逝
末日的风铃
被白发女巫用丝线拴起
俯瞰灵魂的住所
到处是蚂蚁一样的
败军之将

琐碎的下午
隐入北邙荒丘
花开得惨白
阳光没有血色
如贵妃临死前的冷笑
我恍惚听到
来自死亡的钟声
蓦地敲响了十二下

远离人群

我们终将远离人群
远离风和温暖
一些事物复归内心
在冬日长出枝芽
在春朝落尽风华

因为不安分的走动
我们丢失了所有过往
因为不经意的回眸
我们错过宏大的风景
岁月的画布被皴染
行人越来越少
色彩越来越单调

当星河不再无垠

日月失去光明
黑暗再次主宰星球
我们终将远离人群
成为异乡的风景

古 道

破碎的瓦砾掩不住

马蹄声　弃妇

和一地零落的韵脚

游子的竹杖

轻轻叩打山门时

天就黑了　心也坠入

黑暗的故事里了

枯萎的青藤

寂寞地缠绕着

诗歌忧郁的叶子

一个衣衫褴褛的乞丐

吟着一片月色远去了

路的尽头停泊着

阳光与尘

年长色衰的水

路向着无尽的河流延伸
光着脚丫戴着草帽的诗人
涉水而过　刻骨的寒意
冻落了冬天所有的梅花
春天走到头了
诗人也倒下了

这路上
依旧流动着月色与水
明日的草丛里
依旧会有
另一个衣衫褴褛的人
昂首而行

礁　石

以千万年前的姿态
以寂寞和冰冷的方式
站立
红尘中的沉浮明灭
消失与悲哀
都不如你的缄默深刻

礁石,形成于尘
消失于水
以洁净的灵魂
对抗消亡
当黑暗来临
当海水咬啮你的心脏
我看见你的
微笑和悲悯

一程山水

在一程山水外迷失
光阴就成了
席卷一切的大风
将往事刮过山坡
无影无踪

一只飞鸟栖落山顶
渡口停靠一叶孤舟
雪花酿成绿蚁醇酒
冷冽了乡愁

在一程山水中陷落
纸灰兀自缭绕
枯叶上下飞舞
似在追问茫然的前程

却不闻耳畔
早已响起哭声

在一程山水中隐没
到木头最深的纹理中
寻找清明与泪水
寻找大风和冰雪
群星布满天幕
为一切闪耀

秦 关

秦关外　六合中
雪花如山砸下来
寒意峥嵘

浮生短
夜阑珊
扫不尽陌上尘
扫不净心中怨
长夜茫茫思长路
进难退亦难
侯门似海深

红尘多少恨
雨打残花红不尽
唯有陌上尘

飘荡车马后

散落桃李间

得失怡然

夜色昏沉沉

山影浓转淡

花开百世落万年

陌上尘不散

转眼

四海起烽烟

凭谁问

何路入秦关

太阳折射

太阳折射

电话屏幕上的闪光

让水渐渐升温

一只醉酒的兔子

突然越过铁丝网

脚手架上忙乱的人

爬上太阳的翅膀

太阳折射

花粉四处飘逸

薄纱一样的窗帘

挡不住夜里的秘密

玻璃划开岩石的缝隙

旷野寸草不生

羊群流亡他乡

太阳折射

思绪被风折断

时光忽然被逆转

阳光之上阴云密布

云杉刺穿屋脊

往事陷入晕眩

太阳折射

一朵云消失在晚霞后

漫长的等待苦涩如海水

驾着浪花而来的泡沫

是谁的最后一丝气息

冷风与瓢虫

冷风卷过阴郁的天空
一只瓢虫在枯黄的书页中
咳嗽不止
那些美好的日子
缠绕着它
如不息的风暴

麦穗　柔软的草地
山坡上成片的油菜花
转眼就不见了
烟花繁盛的昨日
已是寒冷的墓地

打开的书页缓缓合上
瓢虫咸涩的泪水

从此封存
一些人的呐喊
长夜里的彷徨
不如瓢虫的伤感

冷风卷过青春的河畔
也卷走瓢虫的春天
大片的叶子在风里飞
是它死后的纸钱

阳光穿过窗棂

四月的阳光穿过窗棂
穿过灰尘缠绕的枝叶
静静停在
一本打开的书上

枝叶的影子
如一只只飞翔的蝴蝶
在泛黄的书页上
描摹着逝去的青春

一切都在老去
一切终将老去
大水冲决堤坝的声音
破空而来

四月的阳光洒了一地
我无法握住一片柳絮
轻飘飘的影子一晃而过
只留下风的低语

四月的阳光没有痕迹
沿着她来时的通道看去
空空的路上
没有一个地方可以栖息

这个黄昏

天高云淡的黄昏
簇拥着空闲的年岁
老屋后古旧的石碾
轻易就压扁了
逝去的光阴

日子走得很轻
如芭蕉上的雨水
滴落在晨昏间
很快就让所有热情
流逝殆尽

灯火昏黄的都市
麦苗拔节的乡村
当孤独的风沙袭来

耳朵不能坚守
心灵四处流浪
世间万象的形骸
在秋风里憔悴

看似繁华的过往
填不满四壁的荒芜
只有一抹斜阳
穿过黄昏的长廊
照在破碎的瓷片上
闪着空洞的光

春　天

春天在东
春天在西
春天在逝去的
每一朵花里

幽暗的花盛开
森林青苔铺地
折断的柳枝
扎根生长
春天莲步轻移

河中落满桃花
漂浮轻盈的絮草
日子顺水而下
礁石日渐清瘦

我们的青春

在风中搁浅了

落英缤纷的时节

春天一贫如洗

荷锄戴月的农夫

看麦苗开出细小的花

听露水滴答落地

夜晚就淌满了幸福

春天徜徉

在民俗最深处

巷子里桃红柳绿

山坡上绿意迢遥

牛背上的牧童

刚拿出笛子

春天就钻了进去

灯火昏黄

文字散落在床上
冰冷的韵角寒气森森
太阳高悬墙上
月亮在树枝上安巢
思念的飞鸟
飞快掠过黑色的诗行

灯火昏黄的晚上
麦秸的灰烬溢出清香
床头的格子里
盛满母亲的笑容
那是我一生的口粮

所有人都在流浪
躺在各自的黑暗里

臆想着不一样的感伤

这一夜灯火昏黄

诗人小心捧起

河边那轮清瘦的月亮

一切飞临又远逝

唯有那些低语

挥之不去

思念堆满房间

我不能移动半步

我一直在等一块石头

你掷出的那块石头

它将穿过淡蓝色的天空

穿过猫一样的屋脊

穿过我床头昏暗的灯光

砸下来

斜阳照在杯子上

斜阳沉静如水
照在杯子上
如立于小荷的蜻蜓
一样羞涩

杯子里的水
向着深渊陷落
巨大的声响
在时光里回荡

花朵瞬间飘零
遍野都是尘埃
只有斜阳不紧不慢
穿房入户
照在杯子上

水折射黄昏的光亮
鸟在琥珀中飞翔
我枯坐着
等待坠落和消亡

斜阳的结局
缓缓在水中呈现
无须笔墨
不事铺张

乌 鸦

黑色的影子
掠过我的河流和村庄
黑色的羽毛掠过我
在墨一样的阴影里
我不过是
其中的一点墨色

乌鸦在路上遇见我
它的嘴角沾满鲜血
时间一点点被嚼碎
是谁在呼喊
请等等我

乌鸦丢下黑色的预言
匆匆飞远

水边浣纱的女子

来不及转身

道路已被大火隔断

黑色的影子

如山耸立

一切被瞬间定格

海的旋律

我走过的每一寸土地
都渴望留住你的气息
山巅的落日余晖
洒在无垠的蓝色海岸
追随你远去

花朵兀自凋落
春天开满冰雪
那些没有你的过往
陷入大火的围困
所有的路让人疑惑

我走过的大山静默
山花依偎着礁石
帆船拥抱着海浪

他们相守

如传唱万年的民歌

融入海的旋律

我只想成为一个韵脚

共这世间万象

起舞婆娑

剑

剑　黑暗的夜晚的
灵魂

剑　倒下时
依旧是一地寒光
冰凉如水

剑
在美人起舞的刹那
便以一声叹息
指引了人类的命运

活在一碗酒里

李白盛满的那碗酒
漂满月色　剑气和离愁
抚而为琴
忧伤的弦歌动地

湖水如酒
李白纵身跳入
醉死梦生
原来水面比大地
更坚实

诗文如酒
写在每个渡口
每叶扁舟
一片叶子滑过

就是凛凛寒秋

那碗酒烧成大火
江山化为尘
玉器沉埋无踪
长安满城秋风
一地繁霜
谁的白发三千丈

流离失所的难民
也在那碗酒中
他们被驱赶
被放逐
他们没有名字
却活在
每一刻　每一瞬
占据着
每个王朝的中心

恶之花

恶之花
不是波德莱尔笔下那朵
它只是羞涩地
站在河水中孤影低回
似在召唤谁的魂魄

人群沉默
茫然地穿山越岭
却找不到你
时光的影子中
一切衰老

恶之花
也不是忘川桥畔的那朵
我们曾在渡口邂逅

那年的秋风里

星光残月铺了一地

你随枝叶婆娑

天很快凉下来

风起　雪落

枝柯遮断天幕

花瓣簌簌落尽

那个温暖的院落

缓缓关上柴门

恶之花

是我在梦中见过的那朵

她妖娆妩媚

似春天采茶的少女

转眼就把一切记忆

抛入黑暗与烈火

杯子和墙

一杯水在桌子上
久久沉默
干燥的风四处游走
却冲不破
任何一堵墙

杯子里的水
澄澈如江南的月
挂在柳枝上
看着莲花微笑
佛光禅影
弥漫了整个夜晚

墙是坚固的存在
隔断天空与地面

这杯水无法亲近泥土

花在角落里枯萎

杯子里的水醒着

墙渐渐睡去

只有星星善解人意

它悄然游移

大口吞噬着黑暗

多事之秋

多事之秋
阳光冷笑
往事呷一杯茶
默不作声

时间犯了胃病
蜷缩在墙角
大滴的汗水滚落
指针止步不前

秋虫死灭
玫瑰腐烂
石头纷纷复活
叩击山壁
发出沉闷的回响

走了这么久
回头看
仍是苍茫的水
仍是缥缈的雾
没有渡船
只有凄凉的冷寂

漫野冰凉
我没有一件御寒的衣服
从远方走来的人影
会是谁呢

生命的猜想

大街上的叫卖声
愈来愈嘈杂
都市红色的高跟鞋
洒满了酒水
可我不是下酒的材料

满街都是小贩
挑着各种各样的担子
游刃有余地生活
可我始终不得要领

一箪食　一瓢饮
遍野炊烟中
颜回孤独的影子
照得太阳生疼

天堂以幻象垂示

种子奔向肥沃的泥土

羊群跑向油绿的山坡

谁困守在沼泽戈壁

乞丐蹲在路边

他的青瓷大碗让我羞愧

我甩甩空空的手

继续赶路

我把影子踩在身后

多少人在豪华的院落里

无家可归

羽毛纷纷落下

一块石头

向着天空飞去

坠落不是存在的方式

阳光砸向嶙峋的岩石

借着反弹的力量跃起

些许短暂的停顿

是生命中唯一的闪光

行走的影子

影子在阳光下游走
如上古的女子
荡一叶轻舟采莲
莲叶何田田
向东复向西

那些行走的影子
比我更真实
影子踩着大地的伤口
窃取时光的秘密
影子不急不慢
沙子一样
很快洒满了山冈

影子没有方向

在开满鲜花的路边
漫无目的地游荡
又沿着清明的雨水
流向干涸的渡口

史册风起云涌
我看见一个个影子
固执地走在
文字舛错的书页上

第一块布的诞生

欲望发霉的石头

嘿嘿地笑

几块亚麻破片

遮不住冬日严寒

夭折的孩子伸出小手

第一块布垫在

破旧石棺的最底层

闪烁着褐色光影

织入磷火

也织入哭声

古村在第一块布上

织就伤感的纹理

如一面筛子

疏木暗影的黄昏中

第一块布

腐烂了整座森林

猿人的骨骼

进化的石头

布的温暖

衣服的开始

历史以遮羞的方式

掩盖自己

嗡嗡纺纱声中

白头的宫女

故乡织粗棉布的祖母

隋炀帝的丝绸裤子

唐明皇的半尺红绡

第一块布的子子孙孙

在木头深处

刻入痛彻心扉的哭泣

流水的呻吟

乌鸦的翅膀

划过空白

煽动一场场背叛

所有灾难

源于第一块布的图案

莽莽丛林升起不祥之兆

兔子和豹

为第一块布的所有权

撕破脸皮

给

裁一幅绚烂的云锦

给窗外的三月

陌上的繁花开了又谢

人们擦肩而过

相聚却来不及道别

落不尽缠绵的烟雨

给蝉鸣的七月

沉埋千载的莲子

在水面开成一轮轮圆月

等着唱晚的渔歌

写不出时光的怅惘

给世间的离别

望不见雪掩柴扉

走不完山长水阔

却只是形单影只

辜负了清风明月

不到曲终人已散

水边也不见渡船

穿越悲欢交织的山路

再无灯火阑珊

洒尽心头所有的眼泪

给岁月的平淡

有约不至

酒醉了故都的秋
金陵春梦一去无踪
谁在夜里静候
一个人的脚步声

有约不至
书生与一只狐狸
在雷声中相遇
历史的粼粼鬼火
沿着墓地迫近村落

星做的棋子
点燃朵朵欲望
顺手敲落的烛灰
如同寂寞的花

开遍无垠星河

有约不至
九个太阳与西风
一起埋葬了
世间的光芒
谁来收拾漆黑的残局
野外的篝火
涌动透骨的寒意

有约不至
西楼上月色憔悴
归人的影子
如并刀切割晨昏
寂寞的虫子
一只只钻入骨髓
沿着平平仄仄的韵
衍生横行

有约不至
创世的钟声里
人们沉睡

落花如雪散开

掩埋了来路

一只只飞翔的云雀

跌落深渊死去

飞鸟悬于空中

蛛网落满屏风

愁绪野草一样疯长

仅存的一艘渡船

碎成块块木屑

漂向远方

开 端

这不是一切的开端
子夜时分
一只黑色的大鸟
把我拽入无边虚空

那不过是幻象
没有真实的走动
一切沿着黑暗前行
我听到清晰的脚镣声
回荡在千年长安的
街头

如影随形的黑暗
不在我的掌心
我一打开灯

它就碎成虚无

我刚睡去

它就立刻醒来

我无法温暖

那块宿命的鹅卵石

隔着冬天冷冽的风声

残雪中的蝉蜕

带走了所有童年

今夜不是开端

不同于任何一个夜晚

无数星辰之间

没有王冠

穿越千年风尘

没有一匹丝绸不是灰烬

谁都可以拿走

月光　风声和寒霜

没有谁在意

黑暗中的诗意流失

谁听任一切发生

墙角的枯枝
被乌鸦的目光压断

我决不路过夜晚的荷塘
幽深的黑暗弥漫
找不到一条清晰的路
梦中的花朵
找不到开放的瞬间

一切都在流逝
伸出手指只能触摸
灰尘堆积的蛛网
它们挂在檐角
编织着流走的岁月
四面墙壁白发丛生

今夜，我将泪水
从冰凉的荒野召回
到我流淌的笔尖
把身边的黑暗点亮

庄稼生长

大雨把黑夜当作天堂

雷声隆隆　思念的琴弦

被绵密的雨声弹响

大雨一直下　庄稼生长

树木抬头仰望

飞鸟不知去向

我们隔着一场大雨

倾诉衷肠

大雨下在我们的心里

下成心底的梦

无边的丝线串成相思

串成离愁　串成

通往爱情的道路

我们在一场大雨中重逢
千山万水都被打湿
模糊的道路在大雨中清晰
我和你在一场大雨中
交换彼此的浮生

初 始

城市堆积的欲望太多
空气都变了颜色
灯红酒绿的人群喧闹
夜色如霓虹闪烁

一只手伸向另一只手
另一只手急着挣脱
大雾封锁了一切渡口
所有道路荆棘丛生
青铜坠地的声音响起
没有人能回过头去

城市是个巨大的染缸
忙着上色淘洗
一匹匹原本洁白的布

在五颜六色中招摇

初始的道路

它们都已回不去

边 缘

徒然的寻找

那闪闪发光的玻璃

破碎的瓷片

让欲望的船只搁浅

岸在不远处

不见落英缤纷的桃源

水可清可浅

岁月的行舟沉于水底

所有过往和追寻

得到和没得到的

混杂在一起

如一场永恒的梦幻

越过刀锋的边缘

是你的居所吗

一朵落花的疑问

让平静的水面

长出皱纹

消逝很快

我骑上一匹汗血宝马

任它四蹄如风

却追不上

最慢的一首民谣

我是谁的影子

我是谁的影子
一只古典的蝴蝶
默默思索着我的疑问
在花丛中迷了路
飞入陌生的家门

我是谁的影子
一只驮着玉米的蚂蚁
径自回家
重重地关上了门

我是谁的影子
一阵大风刮过山坡
不远处的院落中
一只报晓的鸡
咯咯叫来了天明

阳光的对视

一缕阳光
轻手轻脚爬到窗前
与我对视
她说起天边云　雨后山
青峰翠　易水寒
还有那些山花
寂寞地飘零在忘川

柴扉上诗句漫漶
花落水流事如烟
无人路过
也无人照看

阳光说起很多事
却不知烟火飘向何方

桃花流往何处
刻在木头深处的诺言
她一句也记不起

不知何时
窗外布满了乌云
阳光不知去向
一只青鸟
在大树上清脆地鸣唱

这个早晨

鸟鸣如舒缓的流水
云朵慵懒地掠过长空
这个早晨是属于我的
属于醒着的眼睛和耳朵

推开一扇窗户
放进西风数片
孤烟几缕
于是这天地之大
尽在风月悠悠

这个早晨
属于破旧的茅草房
放进些天籁虫鸣
蟋蟀抱起竖琴

车前子开始做梦

紫色的露珠开满花朵

年久失修的井沿

长出黑色的耳朵

这个早晨

属于故乡的青石板

弥漫着淡蓝色的薄雾

流淌着甜蜜的味道

清澈的水流

如数千年前的恋人

依然耳鬓厮磨

这个早晨

属于我的祖父

他踯躅在田间地头

看红薯怎样爬出第一根蔓

葫芦怎样划出第一个问号

小麦怎样开出白色的花

他担来的水

怎样被庄稼们

咕咚咕咚地喝下

生存的枝

生存的枝

被风尘压弯了

毁灭的果

红彤彤地挂在屋檐

钟声在群山回响

牧羊人躲在悬崖边

看黑暗层层

漫过世间

以心灵亲近冰山之源

清水四溢若莲花初绽

每一片花瓣都锋利如刀

刺穿迟钝的情事

隔断时间的绳索

春天的骏马

沿着河岸悄悄跑远

接受温暖的阳光
也接受黑暗的背叛
看不见的树影
安居在墨一样的群山

时间老了
早已记不清往事
一棵青草
也想不起何时荣枯
遗忘是真正的开始
我重新学走路

家　园

一朵隔年的杏花
一声熟悉的吆喝
一道鞭痕
一串铃音
都是心底的家园

一朵白云的呼唤
父母日渐苍老的容颜
我站在村口仰望的
一颗晶莹的星
都是
再也回不去的家园

残 荷

一片片
凝固在坚硬的冰里
风化成
冬天的旗

采莲的女子
睡在暖暖的家中
舟
泊在岸上

枯叶　灰尘
与你聚集在一起
在你低头的刹那
可曾想到
清白的过去

种 子

暖暖的风
沉睡的夜
春水的尽头
漂着去年的残雪

梅花的影子
瘦成鹅黄的颜色
春水的种子
在草地里沉埋着

就这样破土而出
何必在意
是什么地方
在什么时刻

钥 匙

春天失落了什么
在黑暗中
来回徜徉

是一枚生锈的钥匙
从历史手中滑落
跌落在尘埃中
溅起的时间如玉

飘飞的时光
谁也无力捡拾
春天的身影
谁也留不住

岁月被埋进深深的泥土

只是那一枚钥匙

会年年醒来

吐出新绿

飞　鸟

枯枝跌落

鸟的目光重叠

层层尘埃化为石

化为远古的花朵

静静绽放

飞鸟深入夜晚

深入梦的边缘

石像惊醒

树木漆黑一片

飞鸟展开双翼

不停地飞

阳光在飞翔中衰老

剩下几粒漂浮的草籽

四处生根

书生意气

那些河流中的声响
不可听闻
那些激越的水花
峻峭的石头
已成梦境

那些高大的树
已被雷火焚毁
那些落花
残败的荷
被寂寞封存

那些陈年的爱情
已经发霉
那些美丽的诺言

亲昵的笑语

消散如远古的星辰

那些缠绵的雨水

已经蒸发

那些淡淡的思念

悠悠的虫鸣

隔着无法逾越的窗棂

那些美好的岁月

已经逝去

那些青春的激情

书生意气

随着淡黄的书册枯萎

无 题

用一条红线

拴住太阳的翅膀

让时光静止

倦于飞翔的蝉

昏昏欲睡

八百只大鸟

从黄河源头疾飞而来

灰尘铺满案头

一卷书稿

一只残杯

安静的水中千帆皆沉

欲望平息

忘掉花朵

忘掉通灵的石头

忘掉疯癫的尘世

忘掉九只金乌的坠毁

且来崩塌的墙下

体味片刻阴凉

只有一晌时光

属于你我

它正在飞速穿过

我们的余生

大 雨

大雨敲窗
大雨在毛玻璃上滚动
大雨在新人的窗棂上
睁开眼睛

大雨落满田野
大雨在黄土地上坠落
大雨注满沟渠
大雨在我的文字里流淌

大雨如墨
大雨把一切哭声掩埋
大雨把希望留给明天
大雨悄悄发芽

七块青石

天色转黑

命运的街头风声鹤唳

七块青石瞬息散开

东西错落

各自为城

七块青石之上

横亘着七条道路

七株豆苗

很好地生长

七块青石

七块燃烧的煤

七只乌鸦的影子

敲打着冬天的身躯

湖泊中白盐匝地
星星堆满山冈

七块青石
在风中飘动
绸子一样缠绕村庄
谁能让自己的脚步
始终踩在这青石之上
七块青石苍白的面颊
迎着寒风泪水四溢

七块青石
困守七种方向
七种坠落的声音
是夜晚的黑旗
七种致命的雪花
如命运的黑纱纷扬

七块青石
堵塞了每一条道路
或平铺　或叠舞
变化着不同的形式

永不止息

七块青石
七种玄秘的暗示
沿着灵幡　庙宇
沿着缭绕的香火
袅袅升腾飘向远方

七块青石
七种音乐的合鸣
七条河流的源头
风尘仆仆
悄无声息而来
冲决帝王的宫阙
停在秋风吹破的茅屋

黄昏中的幻想

那不是你的笑容
最后一缕火焰已经熄灭
剩下的欢呼无关紧要
那些注定的结局
纷纷上演
你的头发蓬乱
跟初见时一样

我还站在黄昏的阴影里
阳光那么憔悴
天地垂死
如脚下的道路
贝壳爬上山头
流尽了最后一滴眼泪

高墙广厦

一夜之间成为废墟

如我们笔下的文字

记录着那么多明显的足迹

却不关心一只飞虫的挣扎

沙漠怎样将一棵小草吞没

乌鸦的影子

缓缓遮盖了天幕

我们躺在废墟下面

想象着声色犬马

惨白色的高脚杯横七竖八

音乐穿过坟墓

我们的手指沾满鲜血

我跨上一匹瘸腿的马

在晴朗的天气里

追赶流星

是谁疯了

一块石头站在屋檐下

捂着满身的伤口发问

天空无言以对

我身旁的蚂蚁四处奔走
他们把木屑搬进洞中
做起帝王
你在哪里呢
我看见大风过后
那么多偶像的影子
东倒西晃

一朵凋谢的花

枯萎　干瘪

一朵花在风中凋谢

东风散去　西风劲吹

清露消逝　寒霜匝地

你的周围风重寒浓

内蕴的一切

无力阻挡潮水的涌动

丰富　坚韧　哲思的花朵

轮回是一切错误之缘由

上帝背着手离开了

你孤独而憔悴的影子

没有人哀怜

纷扰的人群曲终人散

凋谢的花

不必埋怨夜晚的来临

泡影的绚丽不过一闪

你低头沉思的瞬间

却永远留在我心里

黑暗的空间（九首）

（一）

夜是漆黑的

如母亲出嫁后

压在箱底的绸子

碳在炉火中呻吟

灰尘如水

一点点灌入夜的中心

渗入绸子深处

黑暗与灰尘媾和

闪出火光

浮现光明的一瞬

（二）

夜晚很长

一如你的影子

我打不开房门

一千层鹅卵石

将我封在门内

一到夜晚

我就走投无路

夜晚很黑

火焰突然平息

一万盏灯光

照不亮你的一点

细节　我在角落里

猫一样忧伤

夜晚很凉

时间忧郁地弓着身子

任水变凉

茶香散尽

（三）

你不在

三月不过是

一些花粉的味道

淡淡的

就飘远了

你不在

三月不过是荒芜的

院落　秋千静止

小鸟也不来歌唱

你不在

三月是一扇关闭的

百叶窗　东风不吹

风景在很远的路上

（四）

你走之后

日子就积满了

各种颜色的灰尘

我不打扫

也从不出门

当各色灰尘
开始跳舞并喧闹
我紧闭房门
它们就偷偷挤入卧室
扯我的书
丢开我手中的笔
它们跳舞
变成了想你的文字

（五）
夜晚是一处空荡的房子
我在窗下
孤独地与星子对弈

猫在门口
不安地等着什么
椅子沉默不语

夜晚是空旷的田野
油菜花是梦中的姑娘

春风里梳妆

猫在老牛的身边熟睡

日历在墙上出神

夜晚是一场大雨

我全身湿透

却不知逃往何处

前面是水　后面是水

大水淹没红尘

夜晚是一首哀怨的歌

我想听的时候

它很远

我不想听的时候

它很近

（六）

群山之巅

海洋深处

所有道路的尽头

只有荒芜

寻找不过是枉然

灯火过后

繁华簌簌落尽

守着无边荒芜

谁能等到

花开满枝

（七）

黎明前的第一声鸟鸣

将我惊醒

整个春天被惊醒

一些花

骨碌碌地

从树上掉下来

叮咚成错落的

春天的诗句

（八）

黑暗中

一千个影子晃动

一千杯烈酒

浸透离愁

思念如散不尽的炊烟

浓缩成一行文字

杯中的酒

等了无数千年

十轮月亮

醉倒在回乡途中

一夜之间

春天众叛亲离

黑暗漫长

冬天的小毛虫

睡在夏天的渴望里

（九）

我是你背在筐中

带回家的小草

紧紧拽住你的衣襟

我是你院子中

缓缓升起的炊烟
将你的村落层层弥漫

我是你光着脚丫
踩过的河滩
准备迎接流水的背叛

丐者(三首)

(一)

云层下降　山峰沉落
夜之飞鸟折断翅膀
丐者看到阳光上升
海洋上升

丐者躲在山谷
用竹棍将碗打碎
用溪水将脸洗净

鹰在湖水面前留下投影
鱼儿在鹰嘴里
看到澄明的天空
最后的挣扎

丐者一步步走上山峰

他看到了天边的太阳

低矮的云层

（二）

丐者走向人群乞讨

他的脚步怯懦

他的笑容僵硬

丐者没有父母没有家室

丐者凄惨度日

在人们的鄙夷里

悲哀地打发日子

丐者没有马匹和车辆

丐者的家是天与地

丐者没有爱情

只有无尽的悲伤

咀嚼石子

一样可以温暖肚肠

丐者的眼中

没有太阳和火焰

只有漆黑黯淡的星光

丐者临死之前
拿一片枫叶握在手中
他说鲜红的血液
会使他在另一个世界
得到温暖

（三）
丐者灰如石
在破败的天空下
堆砌坟墓
狗在他的身边狂吠

丐者耳目俱健
丐者身体很好
丐者从来不哭
丐者膜拜郊外的坟

丐者在郊外修坟
丐者用十个手指挖土
丐者的手掌鲜血淋漓

丐者死后

他的坟一夜之间

被人们夷为平地

往日碎影（四首）

（一）

郁积着忧伤的石头

还没说出一句话

就在午夜的月光下

流泪了

旷古的孤独如沙

一粒　一粒

封锁了春天的去向

今夜　大漠中没有旗帜

遥远的风掠过小巷

冰凉的水里

传出飞虫的绝唱

远望过去

只有无际苍凉

此时　在山崖

眺望的女子

正在一点一点

拨亮满天星光

一个影子

悄悄走上河岸

洒落的水珠

溅得夜色浓浓淡淡

（二）

迷路的人

你的惶惑

比黑夜更重

岁月没有出口

走在其中

你只能闭上眼睛

忘记一切响动

每条路的尽头
都通向坟冢
迷路的人
不要在风中疑惑

丢弃阳光和旗帜
丢弃韵律和节奏
让脚步坚定地迈下

（三）
向同一方向
掷出三枚石子
它们终将散落
在下降中回归过去

风中一扇窗的关闭
如同过往的一切
三枚石子冷静的声音
洞穿厚厚的往事

掷出三枚石子
如同踏上命运的舷梯

瞬间　三枚石子
改变了最初的方向
一切的相濡以沫散开
距离横亘其间
谁也不能在走出很远之后
依然接近

我梦见这三枚石子
沿着不同的轨迹飞翔
我是其中的一枚
向着遥远的星光飞去

（四）
这个冬天
一些遥远的事物
纷纷越过窗帘
和雪花站在一起

泪水在阳光下晶莹
如一粒种子
饱满又含蓄地看护着
平静而辽远的土地

落雪如星　｜　271

这个冬天
光线变得潮湿
一些虫子守着荒凉
默默哭泣

这个冬天
江边远逝的芦花
黯淡了相思
一些纸片和椅子
躲在一起
想念一棵槐树的纹理

紫色的花

过了锦瑟年华

寂寞的常春藤

固执地守着最初的领地

却留不住

一束紫色的花

苍鹰掠过山坡

掀起松林风涛

落寞的影子投在地上

石头堆满山坡

看着周围的一切

从来不说一句话

青草在阳光的缝隙中爬

找寻遗失的春天

王孙独自荡舟远去
喧闹的山谷再无回音

光阴把树皮磨得斑驳
一朵槐花落入雨声
铿然坠地的响动
惊醒了寺庙的烛火

不远处的西楼上
丝绸开始燃烧
雾气缓缓拉开大幕
封锁山河

雪花的呻吟

黑色的雪花覆盖村庄
覆盖通往天空的路
苔丝在桥头滑进水里
撒旦的爪子撑破白手套
黑色而晶莹的雪
透过自杀者寂寞的舞蹈
深入大地的根须

黑色的雪花
是世纪末的浮躁
压不住倒转的时光
丑小鸭死去
天鹅迁徙
乌鸦是最终的王者

黑色的雪花还在下
早晨街头卖花的小女孩
晚上怀里只剩带刺的雪花
扎得手指鲜血淋漓

后花园中毒蛇的狞笑
在一首含蓄的民谣里传唱
黑色的雪花朵朵盛开
美丽妖娆的王后
午夜匆匆打马出城

不存在的下午

我一直在想
1999 年 9 月 2 日的下午
有没有存在过
那绚丽灿然的花枝
倾斜无尽的山路
布满青苔的过往
是谁占据了这个下午
让我找不到真实的走动

1999 年 9 月 2 日的下午
我听见阳光哭出声来
在时空的最远处
沿着寂寞的石子和浪花
沿着海水一样蓝的梦幻传来
我肯定不是这个下午

那是揉碎的日历中
最模糊的一段时光

1999 年 9 月 2 日的下午
我在另一个阴晦的下午居住
风中传来大海的腥味
海边晒网的渔民
悄悄把属于我的这个下午
抬到市场上出卖

1999 年 9 月 2 日的下午
雪白的阳光停在桌子上
我握笔的手指
触不到松林密布的山坡
是谁在那上面点起火
让我如此渴望接近
燃烧过的那个下午
火焰属于我
灰烬属于他们

1999 年 9 月 2 日的下午
是另一个下午的重复

虽然已远去了很久

但我伸出手就可以触摸

那个下午的事情

比阳光更清楚

1999 年 9 月 2 日的下午

我写下的文字

不属于这个下午

许多人和事情

沿着时空的过道

把这个下午从我手中夺去

偶像的黄昏

空旷的黄昏走在路上
任萧瑟的雨点
梳洗沾满泥絮的诗行
种子早已埋进沙土
等待一万声雷霆
把春天的巨钟敲响

斜阳挂在时光之外
黄昏的街头人群散去
候鸟也都飞走了
几只蜗牛的壳
还挂在布满蛛网的檐下
与岁月的藤萝
一起编织着春梦

一程程山水匆匆掠过

偶像的影子消失在暮色里

黑暗从四面八方赶来

一个孩子在冰天雪地中

蹒跚而艰难地走着

他伸出红肿的手指

试图握住金子般的阳光

问 月

题记：三五之夜，一年不过十二，能与知音同赏者有几？太白之问月，东坡之问天，其理一也。问之刹那，早已答案在心。

今晚的月色
不能共赏
大雾封锁了一切
没有道路通往故乡

隔着清浅横塘
一位上古的女子
迷了路
到处都是大水
水上飘满月光

身前没有道路
身后一片汪洋

唯有
乘月色远行
栖息云水深处
皈依天籁松涛
有仙子清啸
信手一挥
就是荷塘故道

问月　问天
举一杯酒
在寂寞的庭院
看花朵掩埋春天
烛火烧尽夜晚
往事饮完最后一杯酒
乘着月色
飞天

小虫的呓语

冷月升起来了
一株态度生硬的树
硌得语言疼痛
就要走了
一只小虫的呓语
让冬天流了泪

冷月如湖面的冰
照着紧闭的院门
北风扯开紧握的手
伤悲雾一样临近

乌鸦在冷风里盘旋
月亮变得浮肿
就要走了

一棵稻草对落水的人
说出最后一句话

小虫的眼角溢出一滴泪
浩瀚无垠的星河中
往事如水鸟惊飞
我们啊
不过是时光的过客
昙花才是永恒的王

往事的篱笆

牵牛花悄无声息
爬满了往事的篱笆
一朵 一朵
吐出心底的艳阳

秋天的脚步如此缓慢
似乎不忍大地
猝然就卸了红妆
朗照长安的那轮明月
爬不上低矮的城墙

谁还彳亍在烽烟里
细数每一个落日黄昏
用文字装饰苍凉
修竹固执地守着柴门
不放进一丝声响

秋霜晚凉 有酒正温

黑暗抹去白昼抒情的辞章

只留一豆烛火

明灭心事

等着小扣柴扉的人

一起把夜色点亮

我们走过的道路

都已在身后

写入寂静的时光

我们曾驻足的河流

仍在不舍昼夜

流向未知的远方

秋天展开阔大的袍袖

将万物收藏

那些属于每个人的往事

都已被打点行装

不知去向

黑之花

一朵盛开
一朵熄灭
冷雨敲打着星子
惊动众生
充满欲望的年代
众荷喧哗的时辰
随风远逝

留不住青苔湿滑的清晨
留不住瓷器丰满的正午
留不住梧桐细雨的黄昏
黑暗占据所有空间
河流封锁了一切退路

庭院深深

深不过这柔弱的黑
此时,它离一切最近
包容一切　遮盖一切
坦白一切　庇护一切
一切善与恶
一切流言与灯火
黑暗之中
我们一无所见

黑之花
浸染了浩瀚星河
不犹疑　也不偏袒
我的左手和右手
是同样的黑色
身前身后　千年上下
尽是这墨一样的花朵
盈盈临风
藏着最深的秘密

再向前走一步

再向前走一步吧

悬崖到了尽头

云朵就在脚下

让窒息的空气窒息

让死亡的幻梦死亡

不能成为飘逸的风

就做山中沉默的石头

守住心中的诺言

不去聆听

也不倾诉

像青苔一样老去

再向前走一步吧

火焰在燃烧

涅槃的咒语响彻天宇
欲望交织的花朵
燃成大火
烧掉灰褐色的砖墙
烧掉涂抹在人们脸上的
各种颜色

山风吹散一切虚无
不必回过头去
故乡的麦苗在昨夜枯萎
守在村口的祖父
也已化为了黄土

再向前走一步吧
揭开这深藏的秘密
不能让毒蛇噬咬果木
不能让风雨摧毁路基
如果坍塌的大桥
不能负载天空
就成为一根擎天的石柱

再向前走一步吧

让黑夜收藏所有泪水
让落不尽的烟雨
洗刷灰尘覆盖的内心
今夜,我有两面旗帜
一面模糊了过去
一面清晰着未知

洁白之中的迷惑

我在一片洁白之中
陷入迷惑
世界的本原
草的种子
沉埋地下的石头
一夜之间
所有疑惑如朽木
沉于水底

一切都不可见
飞鸟衔着我的影子
飞往春天
匆匆归去与扑面而来的
我不知哪个更久远

宇宙中的一切
沉睡的和警醒的生命
所有来路相同
去向却浮云变幻
随日月经行
留水露之叹

此时,草木是幸福的
她们暂隐于苍茫之下
悄然等待
另一个春天

短暂抒情

风花雪月
喜欢用短暂抒情
所谓长久
不过是记忆飞舞的纸钱

石头化为泥土
山崖变成深渊
青苔覆盖江河
未来侵蚀现在

时间始终蚕食
短暂的过往
太阳照耀日常
海水一直上涨
悲风吹过荒凉的小径

秋天写不出
青草的惆怅

青砖之上的光芒
将脚步擦亮
头顶的星光把月色敲响
千万年痴情守望
焐不暖一夜风霜

来年的路旁
还会开出紫色的花
那是谁流下的泪
停留一瞬
就归入大荒

三更梦

又是三更
马车如约而来
载着相逢与别离
也载着所有宿命

不会走路的时光
从未静止
每个夜晚三更
都发出响动

无数声音响起
每一种都不能重复
就如破碎的青瓷
在我们必经的路上
只响起一次

满江都是明月

照冷了三更梦

落尽了酴醾花

照着万里远别

照着我们的一生

这世间

看似花叶繁华

很快就过了三更

再明亮的灯火

也照不见花朵的霓裳

穿过这假象

穿过这假象

让风雨吹散谎言

长发如云的往事

只剩风烛残年

灯火熄灭

青苔铺满石阶

夜晚杂草丛生

烛光依偎着墙壁

听一代代的人

讲起离别与相遇

扁舟背离内心的渡口

芦苇远离岸边

向着漩涡生长

阳光在沙滩上搁浅
成了风化的石子

穿过这假象
记忆中的村庄是真实的
乡亲们互相走动
照看彼此的庄稼
把它们当成自己的孩子

醒 来

醒来,月色迷离

墙角的桃花

洒落一滴混浊的泪

化作夜里的寒霜

枕边没有蝴蝶斑斓的梦

那双忧郁的翅膀

惹得书生千载相思

墙里墙外

穿红衣的女子去哪儿了

庭院深深

枝头的繁华落满红尘

瘦弱的桃花

在年年春风中

哭红双眸

笑春风的女子
不知去向
低矮的土墙
挡住了往日的笑语

时间是座阴暗的坟茔
埋葬了人面桃花
也埋葬着
红尘辗转的众生

烟 火

烟火繁盛如三月的河流
故乡流淌其中　我的心
在最初的白云之上沉滞

大风骤起　我的十指
遍布伤口地靠近
一点烟火的温存

那曲童谣藏入雨水
我只能沿着一林柳树
远眺开满笑声的院落

而今　众声消沉
能够弥漫一生的
是故乡那缕淡淡的炊烟

灯 影

穿过无边夜色
穿过比夜色更重的心跳
穿过比心跳更快的时间

蝴蝶翩跹立在
翻卷的书页上
把时间慢慢融化成河

走遍前世今生
找不到一条能回头的路
只有那时的灯影
在青白的竹简中
不动声色
穿越洪荒万古

荷花不开

荷花不开
七月裹着风雨
推不开一扇紧掩的窗
琐事都在窗外
慢慢长出青苔

荷花不开
隔着岁月的围墙
蝴蝶收敛彩色的羽翼
花瓣上纹理细腻
藏着夜晚的秘密

荷花不开
隔着紧闭的花瓣
散出寂寥的芬芳

长夜如水

朵朵记忆的荷花

在水中沉睡

雪掠过流年

有雪掠过流年
安详地栖落人间
叶子坚守在静止的枝头
以一抹浓郁的昏黄
温暖了整个深秋

每一场雪
都是流年的馈赠
轮回的季节
在雪花深处相拥

每一场雪
都有她不同的使命
片片细小的雪
勾勒出山川的影像

诉说着万物的心声

有雪掠过流年
掠过风云激荡的世间
她们来自云端
从不惧怕冰冷
只会在温暖中消融

冬天的童话

这个冬天长发及地
一如那朵荷花的笑容
无遮拦地散发生机

九月遍野的红高粱
以心底的酒为诗
写下流传千古的句子

这个冬天我吹灭灯
熄灭烧旺的炉火
让寒冷进入家门和内心

当风雪覆盖了故园
我试着忘记一切
将所有心事在雪中深埋

这个冬天我独自出门
沿着望不到尽头的晶莹
一路走向春天的领地

人生是一曲冬天的童话
停留在那年的烟雨里
等着大风拂落满天云霓

荒弃的院落

马嵬驿的三尺红绡
让一切诺言失重
长安城上的那弯明月
旁观人间的风雨无情

那串淡紫色的风铃
发不出清脆的回响
跌落尘埃的秋千
遗忘了墙外的张望

院落一旦荒弃
就不能恢复往日模样
从前的芳草和花朵
再也不会生长

一座院落迅速荒弃

霓裳羽衣的曲调零落

庙堂之上的仙乐

流传不过

一首俚俗的民谣

尘世的争吵

我厌倦尘世的争吵
这琐碎的　物质的
动物般的喧嚣
梦想在枯枝上睡去
现实在冷风中招摇

我厌倦高楼　灯火
厌倦酒和花朵
厌倦古老的大河
厌倦船头的旗

我厌倦泪水　烦恼
厌倦无休止的日落
厌倦丛林中的鹿
厌倦来来去去的众生

我厌倦空幻的过往

厌倦鲜花匝地的浓荫

一阵霜花过后

所有道路都不起灰尘

我厌倦繁密的灯火

厌倦琉璃屋檐下的梦境

我渴望在庄稼中散步

与微醺的玉米交谈

把往事安放在

一滴露水旁

一株青草边

一只乌鸦的梦里

就已足够幸福

忽然想起

已是凌晨三点
时钟嘀嗒驱走睡意
忽然想起
那么多美好的日子
为何成为空洞的过去

光影中奔跑的少年
早已不知去向
心要放在何处
才能重回故园

有谁在意
雪花留下的那片洁白
我们踩过的小路上

那些脚印又去了哪里

那片茫茫山坡

怎么不见有人归来

| 落雪如星

落雪如星

没有风能抵达内心
大雾遮蔽一切
那些道路不再清晰
恍若我们未曾相遇

思念纷纷扬扬
天空落雪如星
一段静默的预言
停留在烟花三月
随枝叶斑驳

流年散落水云间
光影跳跃无痕
不经意间梵乐回荡
一弯明月出东山

等不到那串笛声

一滴泪滑落袖间

人间再无渡口

唯有风雪弥漫

思念纷纷扬扬

天空落雪如星

一段静默的预言

沿着遥远的地平线

铺陈着没有尽头的伤感

一株柳树茕茕独立

守着无法靠近的河岸

一只杯子的往事

想起一只杯子的往事
想起困于往事的水
想起月亮醉过的夜
想起柳树爱过的春风

往事迷离
在一只杯子中间
一朵花恍惚着
开成草原

破碎的帆
诉说无法抵达的遥远
一只杯子的往事
将我重重围困
遮蔽了
故园的炊烟

聚 散

穿过七月的烟雨
不过转眼
银河已落幕了聚散
天上的雀鸟
飞不过红尘的屋檐

薄暮中飘荡着炊烟
父母年迈的咳嗽
飘出很远很远
曲折的小路再也记不起
在风里奔跑的少年

海的尽头不是岸边
路的尽头不是家园
从你走后
我过的每一天

只是与你相隔更远

我愿是一只雀鸟
不去铺成星河的天梯
只是收敛羽翼
停在你小小的庭院

那场大雪

往事没有痕迹

如一场大雪

在午后的阳光下消融

那些洁白的日历

被不知名的飞虫抹去

宿 命

想你抑或

想念那夜的月光

木槿花的香

静静停留在一株蒲公英上

等着宿命的远航

携一朵云归来

今夜　我只携一朵云

一场三月的风

为你归来

把陌上的花摇醒

为她们披上春天的红妆

墙里的人还没来

墙外的柳还在

上弦月勾出离愁

浓浓淡淡

似一幅永远画不完的水彩

残雪点点

仙子仍在断桥眺望

不见书生归来

相思随风洒了一地

暖了烛火

冷了远山

燃起所有灯火

都不能让今夜温暖

唯有那串风铃

依然奏出恬淡的和弦

有你的地方才是家园

今夜　我只携一朵云来

赴一场千年的约定

留下惊鸿一瞥的萍踪

无人的夜

无人的夜
谁忽然落泪
沿着皑皑白雪回望
谁的影子
还在荒原婆娑

静止的台历
把日子一页页撕落
无法拼凑的纸屑里
谁的叹息
如歌

隔着遥远的时空
太多的人从未相遇
就如玫瑰相拥的夜晚

并非笃定的必然
那不过是一阕宋词
在一段虚幻的光影中
写下南柯的偶然

岁月忽已晚

岁月忽已晚　冰霜
把冬天封锁在河边
河水接天无涯
串起相遇后的时间

夜晚的风声中
故园的烛光温暖
虽是一豆
却惊醒了春天

岁月忽已晚
不过转瞬
坚冰就消融
成了三月的花瓣
临风顾盼

雨 水

雨水沿着节令
肆无忌惮地渗透
桃花缓缓绽放
美人匆匆归来
怀中的那封书信
浸着红尘烟火
染了风雨相思

数百年的花
开落在海角天涯
唯有陌上那枝
氤氲着千年的陈香
影入画卷青史
洒满南浦西厢

丝绸一样的细雨

打湿江南

桃花年年绽放

美人隐入

花月春风的一晌

颦笑之间

闪过

数不尽的千年

冰封的湖面

一轮圆月
嵌在冰封的湖面
恍若年轮　日晷
丈量着别后的时间

上元节的月光
明晃晃穿透世间万象
穿透所有的天籁之音
也穿透我们的内心

街道空无一人
烟火也只剩了灰烬
我们行走在路上
行走在不安分的梦里
行走成彼此的余生

冬天没来

这一年
冬天逃离节令
不知去向
如不期而至的大火
燃烧之后
隐没入流年

红尘凡世
藏着我们看不见的
桃源　枯叶飘零
悄然遁入另一个
五彩的春天

丛林荆棘
是谁走过的阳关大道

斜风冷雨

催绿了垂柳千条

一幕幕风景

变幻着不同的格调

似有主宰

不见故人来

渡向何处

舟横在浅水中

再三叩问

却听不到你的回声

人们不知道的那个冬天

带着彻骨的严寒

仓皇逃离节令

蝉 蜕

风雨如沸
怀抱秋风的蝉
许下一个愿
蝉蜕和一截枯枝
钻入泥土参禅

雪花纷纷落
掩埋旧山川
蝉蜕怀抱枯枝
土中长眠

身在何方
去往何处
一切都长久沉寂
佛前参问　也不见回音

梧桐花

梧桐花次第绽放

如一朵朵铃铛

将春天的战鼓敲响

夜晚把月色拥在怀中

鬓边染上素雅的香

花香卷起风暴

流离失所的蝴蝶

找不到故乡

只能飞入梦里

重回三生石上

梧桐花站在高处

悬铃而歌

不可阻隔的花香

把迷路的春风带回家

老屋的门前
寂寞无人的院落
簌簌落了一层的花
陪伴她们的
只有孤独的月光
和看不到尽头的天涯

浮云散尽

浮云散尽

花朵老去

一树妖娆葬何处

低头思量

春天已不在袖间

信笺上的泪痕

洒满六月的烟雨

写着初见时的心跳

染了烈酒风尘

恍若你我

在古老的渡口初见

《诗经》里别离

《楚辞》中相思

又在唐诗宋词中重逢

浮云散尽
百花易落
不经意的一次相遇
唤醒了
所有蛰伏的春天

夜晚拉开大幕

夜晚拉开大幕
繁星流连其上
春天酣睡在荼蘼梦里
过往远逝重洋

裁一树繁花为信笺
洒几滴清泪入墨香
用百年的光阴书写
不过断肠的文字几行

晚钟在山谷回荡
唤不回的青春染了尘霜
谁在梦里与你幽会
一阕离歌题在冷月西厢

谁在《诗经》里临风惆怅
谁知晓千山外征帆浩荡
看不见的暮色里
春风正遣散悲伤

|

春天的梦中

新月挂在春天的梦中
不肯醒来
就如一阵风
吹绿了河边的杨柳
不肯踏上回家的路程

花朵睡在春天的梦中
从落雪如星
到花开成海
每一刻时光的游移
都已刻入记忆深处
是我再也飞不出的苍穹

小草从梦中醒来
绿了天涯古道

桃花染红湖山万重

一缕东风信手拂过

就已奏出春意融融

一江浮萍

一江浮萍
是我散落的哀愁
顺水漂流
如果你此时路过
就捡一枚吧

让这瞬间的记忆
打上温暖的底色
或者就在江边眺望
任一江浮萍
缓缓散为漫天夕阳

一江浮萍
是我散落的诗行
谁的生命
不是定格在一瞬时光

末 世

末世的经文里

谁还记得一世情长

自你走后

所有森林都没有入口

一切道路只剩尽头

往事如此繁华

长街上人声喧闹

可我怎么

听不到你的心跳

走不出那一段

佛祖的预言

我怔怔看着空荡的世间

看不到你

寺庙的青砖上
谁的红妆铺向云天

明月西来
浮萍写下相思的诗句
清风东去
荷叶留下温柔的叹息
那一世情长
依然翻卷无尽涟漪

生而为人
不过是把爱
在无涯岁月中
留下印记

雨　夜

我站在雨夜的窗前

望着一棵树

望向一种过去

远处的喧嚣忽明忽暗

像一波波海浪

在大风浩荡的夜里

淹没那一年的

冷月

群山

楼房在雨中

低垂了眼

窗口次第亮起

昏黄或炽热的灯

一朵朵秘密

在注视中慌不择路

闪烁其词

你张开口

话语便被风吹散

天地屏息不语

汽车尾灯萤火虫般

消逝在绿荫丛中

那残留的一点光亮

谁说不是一种幻觉

关于前世

以及三生

在雨水中复苏

夏天竭尽全力步入

一场饥渴

我步入

一场大雪纷飞

凌晨四点

凌晨四点

有风过树间

星月隐没

黑暗撤退

一切按部就班

夜晚藏着太多心事

连风都不愿触碰

月光移步出了院落

那些往日的笑语

在寂静的黑暗里

长久沉默

凌晨四点

谁曾驻足谢桥

看梅花似雪
浅斟低唱的句子
写下落花的心事

隔着散不尽的烟尘
人们出生
人们死去
人们和历史一样
累了
就走入青灯黄卷
栖息

听 雨

夜雨如冷的酒

渗入时间的魂魄

冻住春天的花

冷却秋天的月

萧瑟所有的离别

夜雨是风的泪

落在密林间

落在群山里

转眼河汉纵横

岛屿星罗棋布

阻断了所有退路

夜雨是苔的痕

沿着大地的脉络

渗入遗世的诗文
恍若远处传来的
悼亡的哀音
轻轻悄悄
就冷寂了红尘

我不是偶然路过

我不是偶然路过
也不是被一场大雨
误了归期
我在这里等你
如一只孤雁
等着秋风再起

暮色深沉的夜里
两朵洁白的浪花
消逝于海面
并肩潜行
在无涯的海底

我不是偶然路过
也不是被一场大雨

误了归期
我在这里等你
万水千山丈量不出
思念的距离

韶华转瞬迟暮
悲欢也散尽涟漪
春天的花搁浅水面
沉睡的漂泊
等着惊雷响起

重 逢

夏日的夹竹桃
开成素雅的诗句
送给身外的山河
河水浩荡无涯
拨动季节的琴弦
给每片重逢的叶子
镀上喜悦的光

隔着时间的黑洞
两只蝴蝶想起三生
想起庄子的竹林
陶令的东篱
想起相遇时的清晨
星光一点点隐没
谁的影子开始清晰

夏日的夹竹桃
想起往事的细节
洪水漫过的家园
萤火闪烁的痕迹
雪融化的刹那
风吹过的瞬息
轻度万水千山
穿越暗影流光
都是我们的重逢

怀 念

你的抚摸已不真实
你的火焰行将熄灭
地上飘着冷冷的灰烬
薄雾般盘旋至今

我看见的
不过是熄灭的篝火
隔夜的欢宴
空洞的碑文
叙述着清冷的过往

故乡土墙边的柳树
用春风撩动古琴
寂阒无人的月夜
仙子折柳相送

许下不能兑现的诺言

冬天没有骨头
流落在炕席和脂粉旁
爱听浅笑和媚语
藏在积木的底层
蜷伏在温室的包厢

没有铡刀的时代
飘着寒风的夜
依然到处春意融融
一切都在腐烂
一切看似生长
只有柳叶依然瘦削
散出冷冽的杀气

只能在记忆里想起你了
那是空气发霉的味道
酒精燃烧的快意
刀子刺破心脏的清醒
血慢慢渗出来
丝绸不能阻挡

远古的音调

迷失于海市蜃楼

油菜花盛开的原野

机器肆意轰鸣

尘土弥漫天地

最后一条河流干涸后

一切都将消亡

山崖中一些虫子死去

它们也曾活过

如今毫无痕迹

怀抱巨大的孤独

听任秋风卷过

漫野的落叶犹如风铃

打在岁月的墙上

忧伤而动听

时光的海

天地卷入时光的海
一切随风动荡
静谧的田园牧歌
唱不来四季安宁

一朵雪花滑落云端
捎来一句春天的问候
窗台上的那页日历
抖落过往的浮尘
唤出另一个新年

在岁月的汪洋中相遇
在此后的每一天重逢
愿总有这样的时刻
倾海而起的一场大风

唤醒沉睡已久的众生

那是告别　也是新生
那是冬夜　也有雷霆
我和你　众生与众生
在看不到尽头的路上
萍水相逢

时间铺开新的画卷
无须绘出万紫千红
只是几缕纤弱的柳丝
微茫的一点新绿
就消融了所有寒冰

桃花流水

那一世桃花流水
在《诗经》中流淌
消失在忘川河畔

肆无忌惮的风雨
随手写下判词
桃花黯然失色
怀抱失去春天的忧伤

夜晚的风　梦中的雪
画出星光交错的城
流水度不尽落花
看不到尽头的水面上
又一个春天静默远行

那些夜晚

路过的那些夜晚
遗失在一场大雪中
她们散落在岁月
开出素雅的花
化开冬天的冰颜

那些夜晚没有消亡
她们凝结成清晨的霜花
每一朵都通向命运
通向浊浪滔天的大河

路过的那些夜晚
燃起冲天火焰
掀起惊涛骇浪
让红尘再无安宁

世间没有不朽的渡船

没有不落的花

大雾封锁了天地

消融了时间

却拦不住那些夜晚

带我们到达彼岸

风 过

窗外一阵风过

多么希望是你

不见你来

时光长满了青苔

我在信风里等你

等一朵花绽放空城

等一场雨救赎三月

窗外一阵风过

再也不会是你

葳蕤的时光树上

只剩荒芜

落花的声响震动山河

一片落叶

一片落叶
凋零了整个秋天
大风穿过所有小巷
却找不到
一朵花的笑颜

一片落叶
填平世间沟壑
解开季节的心事
残荷低下头去
波光潋滟的过往
随风释然

一片落叶
删削明媚的底色

繁华的枝干
日渐稀疏
最小的草也结了籽
在风中唱着歌

一片落叶
落在梦中的故园
炊烟依旧袅袅
却不见旧日的灶台
不见那年忙碌的人

在你的园中

在你的园中
是我散落的骨头
一块块燃烧着
逝去的风声和水流

任你拈花微笑
任你拂袖如兰
我的日子
在一天天的烈焰里
接近你和真实

如果有一天
这熊熊的火光
烧尽你一头秀发
或是如莺的歌喉

你不要悲伤
也不要默默流泪
我就在你的窗下
默默烧尽我的余生

回过头去
我就在你的园中
一群洁白的骨头
正在幸福地燃烧
火光温馨

迷 路

一朵云

在山村迷了路

再也找不到

初春那片竹林

约定还在

已不见故人

花飞如雪

光影无痕

一朵云

在长空落泪

天地之间

雨水纷纷

昨天死去了

昨天死去了
时间的灵魂也死去了
死亡主宰着每个日子
主宰着每个君王
在我身旁随意穿行
窸窸窣窣地响

昨天死去了
雨水淹没了高粱
青色的苔藓枯萎了
炊烟遮住了村庄
一道光芒闪过
陨石砸碎了安稳的梦想

昨天死去了

往事也打马远去
我陷入沼泽一样的时光
生命的泉眼从此干涸
鱼群只剩下风化的骨头
在沙漠中滚动
呼喊着绝望

佛 前

那年秋天
我在佛前许下
一场大风
席卷如雨的落絮
冰封如烟的平湖

记忆困于夜色
秋水长安变得遥远
明眸皓齿的往事
端坐在九品莲台上
唱着不成曲调的戏文

大风辽阔的楼上
等着与谁相拥
一场忐忑的大雪

落入醉酒的黄昏

一只失群的孤雁

透过长风远望

佛祖无言

朵朵晶莹的雪

璀璨成满天繁星

谁踩着一路星光

赶赴一场

大风也不能抵达的

约定

春 日

春日很暖
岁月很静
远山的脚步
很轻盈

就这样
凌波漫步
在时光之巅
人生之海

装进海的咸涩
融入雪的洁白
这春日
包容一切
山海一样存在

误入红尘的

两只蝴蝶

徜徉春日里

飞舞花林间

一路美丽

一路彷徨

捡来的时光

这是一段捡来的时光
如不切实际的曲调
写成正午的弦歌
何必想
谁在对酒当歌
谁又临风惆怅

这是一段捡来的时光
任芭蕉摇曳成竹影
美好又不同寻常
何必问
一朵花的过往
一片云的去向

这是一段捡来的时光

错乱的时空里

散落着美丽的诗行

何必说

谁的秀发遗落世间

谁的眼泪溢满海洋

大水西来　大水东去

大水滔滔不息

唯有这段捡来的时光

在一场场大水中

经得住淘洗

不会老去

欢 颜

远去的背影
是一座黑暗的坟墓
石头一般
耸立着宿命的预言

繁花褪尽色彩
欢颜凝固在雪花中
琴弦断裂
悲伤漫过原野

你的梦中
是否依旧绽放
淡蓝色的花朵
马蹄嗒嗒
谁在急着归去

影子的河流中
最初的水滴
是哪一朵花的眼泪
隆隆的响声过后
我们拿什么
承受荒芜

记 忆

忧伤是澎湃的大海
无休无尽地涌来
我只有一扇门
早已随记忆朽败

那些宿命的花朵
那些坠落的星辰
落满我的掌心
清晰着荆棘的伤痕

沿着开满紫花的古藤
还能回到你的梦中吗
迷路的风从不说话
浮萍也一去无踪

一些花瓣欲言又止

紫色的往事

层层枯萎

谁的眼角没有泪痕

谁的记忆没有

大雪纷飞

尽 头

大路的尽头　柳色
正以一种悲苦诠释未知
锋利的日子边缘
剃刀切割着
所有人的退路

一切皆不能重复
盛夏随流火不断撤退
冷静地蝉蜕在树枝上
一声不吭
秋天到来之前
时光落满尘埃

透过岁月清澈的眸子
我感受到一只猎豹的气息

从不离我左右
如今声音更加清晰

秋风萧瑟的断章
容不下多余的故人
谁也无法阻挡水的到来
眨眼间
黄土已没过膝盖

确　信

我确信

每一场大风

都有自己的使命

思想之外

大风吹动一切

抵达不能穷尽的遥远

有的烛光熄灭

有的火苗燎原

一场大风袭来

有人苏醒

有人沉睡

再大的风声

也不能阻挡

来自春天的音讯

不能延缓

一朵花的枯萎

我确信

每一场大风

都有自己的使命

它们穿越

它们碰撞

那些闪光的瞬间

叫作希望

田园牧歌

绯红色的梦境
晒在暖暖的阳光下

飞鸟怀念一些雨水的痕迹
怀念尘土之前的黎明
怀念飞翔之前的安宁
怀念没有翅膀的平和
怀念没有欲望的天空

而纯净
不过是黑色的河流
泛滥。不过是紫色的云朵
遮蔽。不过是腐烂的玫瑰
腐烂着诺言

回到前生之前　回到
初生之初。回到灵魂
在地面仰视天空的
虔诚之时。我看见
绯红色的梦境
升起

那朵花

那株烟柳
早已记不清前尘往事
树下别离的人
也早已在人海走散
那些情话与诺言
一如古海岸中的贝壳
洁白　易碎
等不来海枯石烂

唯有墙角的那朵花
年年绽放
从未错过一度春光

她站在艳阳里
抛下所有心事

一如嗅青梅的女子

不问君自何处来

亦不问君何时归

东风又日暮

那年的汉宫香雾缭绕

谁写下寒冷的文字

枯萎了草木

染白了山川

那朵花也随风黯然

再长的旅途

也会走到曲终人散

却看不到

一朵花的笑颜

再美的月光

也只能读懂一夜的伤感

却读不懂

一朵花的悲欢

戏 梦

夜来入梦乡

看众生粉墨登场

风过西楼雨飘窗

谁人说荒唐

那经殿梵音悠扬

早不着我相

何必辩濠梁

人迹落花板桥霜

犹记当年情意长

花开陌上

照本读辞章

戏台转瞬已荒

时来屠沽取卿相

一枕黄粱

乌江绝唱

运去英雄没草莽

踏落花

过深巷

谁记旧时模样

对酒叙歌长

穷达何必萦心上

轻啸收剑光

且趁酒醉入梦乡

我笑戏文荒唐

已着了世间相

戏文笑我荒唐

眼角竟已泛泪光

从来戏梦一场

何必戚戚诉离殇

傀儡戏

坐断东南

一样长河日落

缘分聚散

无关铁马冰河

斩不断风烟

戏文听曲折

月夜拟佳期

梦断金玉约

一曲离觞泪阑干

旧事休说

休休莫莫

离多休怪东风恶

卿卿我我

分飞当时人已错

晴川历历

笑桃花流落

寻寻觅觅

从来欢情薄

你在纸上画江山

花开万朵

我在人间行路难

诗酒蹉跎

演一出傀儡戏

戏台上盛妆粉墨

看千秋荒唐事

转瞬间星河寥落

你在寒江独钓

千山鸟飞绝

我在故园煮酒

晚来天欲雪

那画中山河锦绣

等不来你经过

这人间熙熙攘攘

再不能遇见我

戏中人

天涯何处是我家

春水一城花

人影纷杂

戏中人犹抱琵琶

休问枫叶荻花

文字里蹉跎年华

酒醒天涯

多情我早生华发

古道西风瘦马

谁留下满眼云霞

故纸堆中问名姓

戏里戏外一道茶

寻常巷陌起广厦

烟雨暗千家

既然美好留不住

何不诗酒趁年华

嬉笑怒骂

何必说明日黄花

远望江山如画

独立桥头数落花

茶香染半夏

黄河故道起黄沙

若是美好留得住

何不诗酒趁年华